Linde Richter

Wortschätzchen

Kunterbunte Kurzgeschichten

Bibliografische Information der Deutschen Nationalbibliothek:
Die Deutsche Nationalbibliothek verzeichnet diese Publikation in der Deutschen Nationalbibliografie; detaillierte bibliografische Daten sind im Internet über http://dnb.dnb.de abrufbar.

© 2021 Linde Richter

Fotos und Bildbearbeitung: Gabriela Leonhardt

Herstellung und Verlag: BoD – Books on Demand, Norderstedt

ISBN: 9 783754 353776

Prolog

Manchmal bin ich abends einfach zu müde, um den Faden eines Romans oder eines Krimis wieder aufnehmen zu können. Dann greife ich gerne zu einem Buch mit Kurzgeschichten.

Das geht offenbar vielen so. Ich wurde gefragt, warum ich meine Schreibplänkeleien nicht als Büchlein zusammenfasse?

Überall hatte ich meine Ideen auf Zetteln, als Sprachnachrichten oder Notizen festgehalten, und als ich sie durchzählte, ergab sich eine beachtliche Anzahl. Manche Gedanken waren nur Ansätze, andere schon zu fertigen Erzählungen gereift.

Hier ist das Ergebnis: ein Mix aus Abenteuern, Krimis, Mystik und Romanzen. Kunterbunte Erzählungen mit einer guten Portion Augenzwinkern.

Entspannung ist erlaubt. Und wenn's beim Einschlafen hilft, warum nicht?

Viel Vergnügen beim Lesen wünscht Ihnen,

Ihre Autorin

T E X T Ü B E R S I C H T

1. Der Goldjunge aus L.A.

Gestatten Sie, dass ich mich vorstelle? Ich bin 34 cm groß und wiege 3,9 Kilogramm. Mein Herz ist aus Gold und das Drumherum auch. 24karätiges Edelmetall überzieht meinen knuffigen Body. Eigentlich heiße ich Academy Award of Merit, aber unter diesem Namen kennt mich kein Mensch.

Ich bin Oscar, einfach nur Oscar. Wie ich zu diesem Namen gekommen bin? Darüber streiten sich viele. Allen voran diese Vorstandstippse aus der Akademie, eine gewisse Margaret Herrick. Die hat doch glatt behauptet, dass ich wie ihr Onkel Oscar aussehen würde. Aber auch die großartige Bette Davis stellte Besitzansprüche an meinen Namen. Angeblich habe ich sie an ihren ersten Mann Oscar Nelson jr. erinnert. Und so ein Schreiberling von einer bekannten Filmzeitschrift hat ebenfalls behauptet, dass er mein Namensgeber sei. Also wirklich, was die sich so alles ausdenken!

Ich habe viele Leute glücklich gemacht: Schauspieler*innen, Drehbuchautor*innen, Regisseur*innen, Komponist*innen, etc.*innen. Hoffentlich habe ich das mit der Genderschreibe richtig gemacht. Ich bin Jahrgang 1929, da gewöhnt man sich nur schwer an diese neue geschlechtergerechte Sprache. Ich habe die *Schreibweise gewählt, weil ich mich mit Sternen auskenne, jedenfalls mit jenen am Ruhmeshimmel.

Und ich habe schon viel erlebt: Ich bin schon geklaut worden, auch abgelehnt worden, und man hat mich sogar für politische Zwecke benutzt. Und 2017 gab's eine Panne mit dem falschen Film. Peinlich!

Gerne erinnere ich mich an die fulminanten Galas, an die großartigen Theateraufführungen, und auch an das neidzerfressene Publikum. Vor meinen Augen rollt sich eine endlose Liste von Nominierten und Gewinnern ab.

Ach, jetzt habe ich doch glatt das * vergessen. Einfach vergessen, so wie viele Sterne am Prominentenhimmel inzwischen vergessen sind.

2. Der vergessene See

Der dicke blaue Fleck, mitten auf der französischen Landkarte, führte mich in die Champagne. Ein unaufgeregter Landstrich und im Juni geradezu menschenleer. Der Lac-du-Der Chantecoq ist Frankreichs größter künstlicher Binnensee. Er entstand 1973, als mehrere kleine Seen, drei Dörfer, und etliche Bauernhöfe geflutet wurden. Es entstand ein Naturparadies für Wildvögel aller Art, und im Herbst und im Frühjahr machen dort hunderttausend Graukraniche Zwischenstation.

Es war erst Anfang Juni, aber die Sonne brannte schon mächtig heiß vom Himmel. Ich wollte schwimmen gehen. Noch waren wenig Badewillige am See, und ich fand eine kleine versteckte Bucht, die eigentlich für Angler reserviert war. Die dicht bewachsene Uferböschung wurde alle zwanzig Meter von Holzstegen unterbrochen, die teils intakt, teils marode waren. Einige waren so verfallen, dass sich dort, wo die kaputten Holzteile weggeschwemmt waren, kleine Sandstrände angesiedelt hatten. Meist stand dort hohes Schilf, und die Schlingpflanzen machten das Schwimmen unmöglich. Aber der winzige, verborgene Einschnitt, wo der angeschwemmte Sand flach und weit ins Wasser reichte, war ideal zum Baden.

Ich schmiss mich der Länge nach auf meine Bambusmatte. Die Wassertropfen perlten glitzernd auf meiner Haut. Ein Rascheln in meinem Rücken ließ mich abrupt innehalten. Ein Spanner? Gut möglich, denn ich hatte mir den nassen Badeanzug vom Körper gestreift und saß völlig nackt in der wärmenden Sonne.

Vorsichtig drehte ich den Kopf zu dem hinter mir liegenden Wald. Nur ein einsamer Pfad trennte mich von den dichten Bäumen. Es war wieder still. Ich musste mich getäuscht haben.

Mein Blick wanderte über das tiefe Blaugrün des Wassers in das helle Blau des Himmels. Ein entspanntes Glücksgefühl überkam mich.

Da, diesmal ein Knacken. Zwei hellgrüne Augen starrten mich an. Ich starrte zurück. Die beige-grau getigerte Katze hatte einen dicken, dunkel geringelten Schwanz, und das Muster setzte sich über das Rückgrat fort. Eine Wildkatze. Noch bevor ich Wildkatze zu Ende gedacht hatte, war sie auch schon wieder weg. Mein geankerter Atem kam zögerlich zurück. Noch nie hatte ich eine Wildkatze gesehen. Okay, Tiger, Leoparden und Konsorten gehören auch für mich zum allgemeinen Zooprogramm. Aber so eine Wildkatze in freier Natur, das war schon was Besonderes.

Ich streckte mich in den warmen Sand und hing meinen Gedanken nach. Mein nackter Körper war mir völlig egal. Aber Wildkatzen als Spanner, das hatte was.

3. Baden gehn

Die Sonne brannte vom Himmel. Wir mieteten ein Motorboot für sechs Personen, das mit einem schwachen Außenbordmotor leise und gemütlich vor sich hin tuckerte.

Sechs Personen deshalb, weil wir, außer Angie, recht gut im Futter sind. Also mein Ehemann und ich, und auch unser Freund Werner, gehören nicht zu den Dünnen.

Werner hat die Gestalt eines gemütlichen Braunbären und ist ebenso flink. Mit einem eleganten Kopfsprung schoss er an der tiefsten Stelle des Sees in die glasklaren Fluten und kraulte mit einem hohen Juchzen davon. Angie schaute ihm stirnrunzelnd hinterher.

»Ich habe uns eine Flasche Wein und lecker belegte Brötchen eingepackt.« Meine Worte schienen Angie irgendwie nicht zu interessieren.

Ich genoss das Licht, die Sonne, das smaragdgrüne Wasser und ließ die Hand langsam durch das kühle Nass gleiten. Irgendwo in der Ferne waren ein paar Segelboote zu sehen.

Werner kam kraulend und schnaubend zurück und hielt sich an dem glatten Fiberglasrand des Bootes fest. »Wo ist die Leiter, Angie?«

Angie schaute ihren tropfnassen Ehemann an und meinte: »Es gibt keine Leiter.«

Erst nach und nach begriff ich, was das zu bedeuten hatte. Da hing unser fast zwei Zentner gewichtige Freund an der Reling und glitschte, durch das Schwimmen noch ein paar gefühlte Kilo schwerer, wie ein Aal von der Bordwand ab.

Keine Außenleiter weit und breit.

Das Gestänge des fest installierten Sonnendachs bestand nur aus dünnen Aluteilen und war damit auch nicht sehr hilfreich.

Als wir Frauen uns auf die eine Seite des Bootes parkten, zog und zerrte mein Ehemann auf der anderen Seite an seinem Freund. Werner glitt immer wieder auf halber Höhe mit einem fetten Klatschen ins Wasser zurück. Langsam ging den Männern die Puste aus. Nach zwei weiteren Anläufen hatten sie es endlich geschafft.

Werner hing schwer keuchend und völlig verdreht zwischen dem inzwischen leicht verbogenen Gestänge und rang nach Luft. Mein mir angetrauter Ehemann ebenfalls.

Wir Frauen bedankten uns heimlich beim lieben Gott.

Angie schaute ihren Mann liebevoll an: »Ich hätte dir den Rettungsring runter geworfen und dich an Land gezogen, wenn das nicht geklappt hätte.«

Wie sie uns später gestand, hatte sie nach dem Kopfsprung ihres Mannes mit verzweifelten Blicken das Boot nach einer Leiter abgesucht und sich bis zu seiner Rückkehr heftige Gedanken gemacht. Sie waren beide erfahrene Bootsführer, mit richtigen Motorbootführer-scheinen, aber eben auch nur Menschen. Sie hatten beide einen Moment lang nicht an die Leiter gedacht. Und wir hatten sowieso von null und nix eine Ahnung.

Wir dümpelten mitten auf dem einsamen See und genossen die Wärme und die Stille.

Unser Freund Werner war erstaunlich schweigsam.

Plötzlich kamen von Werner die ersten Worte: »Hunger, ich habe einen Riesenhunger.«

Na endlich, er wurde wieder normal. Ich packte die mitgebrachten Brötchen, den Wein, eine selbstgebackene Tarte Tatin und eine Kanne Kaffee aus dem Picknick-korb. Wir ließen es uns schmecken.

Wasser und Abenteuer machen richtig Hunger.

4. Lost in London

Sie zog das ratternde Boardcase hinter sich her und betrat die weitläufige Empfangshalle des 5-Sterne Hotels. Tiefe Sessel gruppierten sich zu gemütlichen Sitzecken und das warme Licht der Kronleuchter spiegelte sich in den geschliffenen Marmorböden. In hohen Bodenvasen blühten üppige Blumenarrangements. Sie kam gerne hierher.

Das Hyatt Regency ist eine luxuriöse Hotelkette, die von wichtigen Geschäftsleuten aus aller Welt besucht wird. Auch ihre Firma ließ sich nicht lumpen und buchte sie in der englischen Metropole meist in „The Churchill London" mit Blick auf den Hyde Park.

Man kannte sie. Gut geschultes Personal wickelte diskret und schnell die Formalitäten ab.

In ihrem Zimmer schleuderte sie die hochhackigen Schuhe von den Füßen und befreite sich von ihrer durchgeschwitzten Reisegarderobe. Sie trat vor das bodentiefe Fenster und sah über den von hellen Lichtern angestrahlten Portman Square weit über die grüne Lunge Londons. Der Verkehrslärm drang dumpf durch die Mehrfachverglasung.

Sie war müde, hundemüde, und morgen früh sollten bereits um 9.00 Uhr die komplizierten, zweisprachigen Verhandlungen beginnen. Ihr Rückflug war am gleichen Tag für 18.15 Uhr gebucht.

Schnell eine heiße Dusche, danach vom Zimmerservice noch ein kleiner Imbiss, und ab ins Bett. Mit dem

Notebook auf den Knien nochmals die Unterlagen durchgehen, dann schlafen. Das war der Plan.

Sie stand vor dem kleinen, silbergrauen Koffer auf der Gepäckbank, noch immer in Gedanken mit der morgigen Besprechung beschäftigt. Die Schlösser klickten. Entgeistert starrte sie auf die vor ihr liegende bunte Urlaubsgarderobe. Mit spitzen Fingern hob sie das geblümte Sommerfähnchen an den Spaghettiträgern hoch. Gefühlte Größe 36. Daneben ein blassblauer Jogginganzug und ein paar blaue Turnschuhe.

Ein unfeines, zweisilbiges Wort floh von ihren Lippen.

Irgendwo in der Millionenstadt London betrachtete gerade ein braungebranntes, zierliches Persönchen ihr dunkelblaues, maßgeschneidertes Konferenzkostüm, Größe 48.

Sie erinnerte sich: Sie war spät dran, und über ihrem Sitz war die Ablage mit dem Handgepäck anderer Passagiere vollgestopft. Ärgerlich verstaute sie den kleinen Koffer ein paar Sitze weiter in einer freien Gepäckablage. Nach der Landung ging sie als Schlusslicht aus der Business Class von Bord, und der Flugbegleiter übergab ihr das letzte Gepäckstück.

Es sah aus wie ihr Koffer.

Sie atmete tief durch, griff zum Telefon und ließ sich mit Lufthansa Lost and Found verbinden.

Wo war ihr Koffer?

5. 1001 Gutenachtgeschichten

Tausendmal berührt
Tausendmal ist nix passiert.
Tausend und eine Nacht
Und es hat Zoom gemacht.

(Auszug aus dem Liedtext „1000 und 1 Nacht (Zoom!)",
mit freundlicher Genehmigung von Edition Musikant
Musikverlag GmbH, Songtext: Diether Dehm)

Die Sonne hatte den ganzen Tag gnadenlos vom Himmel
gebrannt. Auch in der Dunkelheit war die Hitze noch
immer unerträglich. Die Nacht umhüllte sie wie
schwerer, schwarzer Samt. Die Sterne leuchteten durch
das weitoffene Schlafzimmerfenster, ihr milder Schein
schimmerte auf nackte Haut. Sehr viel nackte Haut.

Sein Blick fiel auf sie, und er stöhnte laut auf. Sie war
unersättlich und ließ einfach nicht locker. Sie stürzte sich
wieder und wieder auf ihn, war wie von Sinnen. Und
kam - immer wieder.

Der Schweiß strömte ihm aus allen Poren, und sein Atem
floh keuchend aus seiner Kehle. Gleich, gleich würde es
passieren, musste es passieren. Sein Körper bäumte sich
auf. Er schlug zu, hart und erbarmungslos.

Endlich hatte er sie erwischt. Triumphierend betrachtete
er sie. Dann zerrieb er die Schnake genüsslich zwischen
Daumen und Zeigefinger. Sie würde ihn nicht mehr
quälen.

6. Der Duft der weiten Welt

Aufgeregt knetete er die kurzen Finger in seinen abgearbeiteten, rauen Händen. Heute sollte sie endlich kommen. Den Vorschuss hatte er der Agentur bereits vor zehn Tagen überwiesen und das zerknitterte Foto, das er sich seit Wochen täglich angesehen hatte, steckte wohl verwahrt in seiner rechten Jackentasche.

Der Zug fuhr schnaufend in den kleinen Bezirksbahnhof ein. Schnell holte er das Foto raus und schaute es sich nochmals an. Klein, zierlich und langes, glattes, schwarzes Haar. So sollte sie aussehen, seine Zukünftige. Nun ja, das waren Äußerlichkeiten, die auf viele Asiatinnen zutrafen, aber das wusste Bauer Ollerbeck nicht. Er wusste nur, dass jetzt der ange-kündigte Zug einfuhr, mit dem sie eintreffen sollte.

Er war sehr aufgeregt. Ob er sie wohl erkennen würde? Egal, so viele Asiatinnen verirrten sich schließlich nicht auf dem kleinen Bahnhof in der Uckermark.

Und da war sie. Klein und zierlich, mit langem, glattem, schwarzem Haar. Genau wie auf dem Foto. Sie zog ein kleines Gepäckstück hinter sich her. Die Agentur hatte vorgeschlagen, dass sie probeweise für eine Woche mit ihm auf seinem Bauernhof leben sollte. Um ihn und seine Arbeit kennenzulernen. Und seine Mutter, die bei ihm lebte.

Die Agentur hatte von Anfang an klare Vereinbarungen getroffen: Die eine Hälfte der Vermittlungsgebühr war sofort zu zahlen, bei Zuneigung war die andere Hälfte fällig. Bei Nichtgefallen war die Anzahlung futsch.

Ollerbeck fuchtelte mit dem Blumenstrauß herum und machte winkende Bewegungen. Die kleine Chinesin Chen Lu kam mit einem schüchternen Lächeln in ihrem breiten Pfannkuchengesicht langsam auf ihn zu. Kurz vor ihm stoppte sie ganz plötzlich ab und schaute ihn entgeistert an. Dann wich sie zurück.

Ollerbeck bekam Panik. Was hatte er getan? Was hatte er falsch gemacht?

Zugegeben, er war nicht schön, aber er war auch nicht hässlich. Ein bisschen zu groß vielleicht für so eine kleine Asiatin und auch ein wenig grobschlächtig. Aber er hatte ein freundliches Gesicht, und auch sonst war alles an ihm dran.

Chen Lu rümpfte die Nase und lispelte in fast perfektem Deutsch: »Fählt del Bauel laus zum Jauchen, wild el nachts ein Deo blauchen.«

7. Casino Royal

Die spanische Casinokette hatte ganz neu gebaut. Spielsäle, Bars, Restaurants. In den Sälen Einarmige Banditen, Roulette, Blackjack und mehr. Eben das volle Programm.

Jeden Monat gab es zwei bis drei kulturelle Themenabende, die gerne besucht wurden. Mal waren es Tänzerinnen aus dem Orient, mal kulinarische Spezialitäten aus Übersee, mal eine Tombola mit Gewinnen. Sogar ein paar bekannte, inzwischen etwas in Vergessenheit geratene Show-Bizz-Größen traten spektakulär ihre letzten Tourneen an.

Ich kannte mich aus, ich war schon mal da gewesen. Wir durchquerten die Eingangshalle mit der integrierten Bar. Dort bestellten wir uns bunte Cocktails, mit und ohne Alkohol. Und beobachteten den Besucherstrom.

Zwei Drinks später passierten wir die Besucherkontrolle.

Wer zum ersten Mal die Spielhallen betritt, wird von dem hohen, sehr lauten Lärmpegel, dem flirrenden, gleißenden Licht und den mächtigen, bunten Spielautomaten fast erschlagen. Gleich am Eingang standen zwei Monstren, vier Meter hoch, die ohrenbetäubende Geräusche von sich gaben. Das hatte nichts mehr mit den Einarmigen Banditen zu tun, wie man sie von den alten, amerikanischen Filmklassikern kennt. Vollbusige, dürftig bekleidete Damen animierten in plakativen Farben und schrille, aufreizende Computerstimmen heizten zusätzlich zum Spielen ein. Die funkelnde Kolorierung war mit ätzendem Gehupe, ratterndem Geklingel und brüllender Musik untermalt. Die elektronischen Geräte überboten sich in einem fauchenden Lärmpegel. Hörschäden gratis.

Unser Freund Werner hatte sich fein gemacht und trug heute zum ersten Mal seinen neuen, maßgeschneiderten Anzug aus Hong Kong. Ich beäugte misstrauisch das glänzende Synthetikgewand unseres Freundes, das bei jeder Bewegung knisterte und gefühlte Funkenflüge verbreitete.

Ich flüchtete in den hinteren Teil zu Baccarat, Roulette und Blackjack. Da war es ruhiger. Ich setzte meinen 20 Euro-Chip irgendwo hin und verlor meinen gesamten Einsatz. Mehr als zwanzig Euro wollte ich nicht verspielen. Rien n'a va plus. Ich hatte fertig.

Angie und Werner konnten sich von den flirrenden und lärmenden Einarmigen Banditen, oder wie immer diese Monstren inzwischen heißen, nicht trennen. Sie amüsierten sich köstlich. Erst, um an den schrillen Maschinen ein paar Mal zu gewinnen, um dann alles wieder zu verlieren.

Werner hatte einen Spielautomaten entdeckt, den er noch nicht kannte. »Angie, den muss ich unbedingt ausprobieren. Hol mir bitte noch Spielgeld.«

Sie wechselte Euro in Chips.

Ich besuchte inzwischen die Räumlichkeiten für Damen. Als ich wieder zurückkam, setzte ich mich auf einen der wenigen Stühle und beobachtete entspannt das bunte Treiben.

Nach einer Weile ging ich zu den beiden an den Spielautomaten. Werner hatte gespielt, gewonnen, und auch alles wieder verloren. Er hatte einen unglücklichen Ausdruck im Gesicht. Ich versuchte ihn zu trösten: »Nimm's nicht so tragisch, Werner. Man muss auch mal verlieren können.«

Angie schaute mich mit einem seltsamen Blick an: »Ich glaube, du verstehst hier was miss.«

Wie, was gab's hier misszuverstehen? Werner hatte eine beträchtliche Summe verloren. Angie auch. Aber das hätten sie sich vorher überlegen müssen. Mit dieser Konstellation musste man rechnen, das ist schließlich das Geschäftsprinzip dieser Spielcasinos. Ich verstand ehrlich gesagt nicht ganz, warum er sich das so zu Herzen nahm.

Ich versuchte es nochmal: »Es ist doch nur Geld. Und irgendwie habt ihr doch auch euren Spaß gehabt, oder?«

Werner ächzte: »Sogar großen Spaß, aber eben ist Schluss.«

Er versuchte aus dem Sessel herauszukommen. Vergeblich. Unser Freund Werner ist ein Genussmensch, und das sieht man auch. Er ist ziemlich groß, aber auch ziemlich rund.

Jetzt klemmte er fest. Diese brandneuen Hosen waren aus einem unbekannten Synthetikstoff aus dem Fernen Osten, der wie ein Zwei-Komponenten-Kleber zwischen Werner und dem Sessel saugte und klebte.

Er kam aus dem Plastiksessel nicht mehr raus. Jedes Mal, wenn er versuchte, sich aus dem Teil zu quälen, gab es ein fettes, schmatzendes Geräusch. Er pappte an dem Kunststoff fest, und bei jedem Versuch sich zu erheben, gab es oberpeinliche Töne.

Die Leute fingen bereits an zu gucken. Dicke Schweiß-perlen standen auf Werners Gesicht.

»Soll ich den Geschäftsführer holen?« Ich wusste keinen anderen Rat.

»Untersteh' dich.«

Angie hatte schließlich die rettende Idee: »Du zupfst jetzt Schicht für Schicht deine Klamotten nach oben. Und wenn das alles nicht hilft, öffnest du den Hosenlatz. Da muss Luft ran. Wäre doch gelacht, wenn wir dich da nicht rausbekämen.«

Werner bemühte sich - bis zum bitteren Ende.

8. Hermanns Siegeszug

Kennen Sie Hermann? Nein? Ich kannte ihn bis vor kurzem auch noch nicht. Genau genommen kannte ich ihn bis zu meiner letzten Geburtstagsfeier nicht. Aber ausgerechnet an meinem Ehrentag hatte ihn die laute Leonore mitgebracht.

Hermann schlug ein wie eine Bombe. Die anwesenden Damen waren hin und weg und himmelten ihn ausnahmslos an. Ehrlich gesagt, ich auch. Aber dass Hermann mir ausgerechnet an meinem Geburtstag die Show stehlen würde, das fand ich dann doch nicht so prickelnd.

Wie soll man Hermann beschreiben? Hermann hatte vor vierzig Jahren das Licht der Welt erblickt, und ich würde sagen, er kommt anfangs eher bescheiden daher. Ja, schon fast ein wenig farblos. Aber er hat was, und je näher man ihn kennenlernt, umso überzeugender ist er.

Sein Auftreten ist so wie die Hintergrundmusik in den Einkaufszentren: nicht zu auffällig, aber doch pfiffig, nicht wirklich hinreißend, aber doch irgendwie beliebt. Ein Ohrwurm, wie Hermann. Beide bekommt man nicht mehr aus dem Kopf. Sogar meine männlichen Gratulanten konnten sich ihm nicht ganz entziehen. Und Wolly, mein dienstältester Freund, fuhr regelrecht auf ihn ab. Wolly ist ein ganz Süßer und bekennend schwul. Und dass der auf ihn abfahren würde, war irgendwie vorhersehbar.

Wo war ich noch mal? Ach ja, bei Hermann. Erst hatten wir ihn gar nicht so richtig beachtet, und er drängelte sich auch nicht in den Vordergrund. Er hatte sich in eine dunkle Ecke verzogen, bis Lotte ihn entdeckte. Aber dann, hallo! Erst tuschelte Lotte mit ihrer besten Freundin, dann eine andere mit der nächsten, dann tuschelten sie untereinander. Zum Schluss gab es nur noch ein Thema: Hermann.

Ich entdeckte Spuren von Eifersucht in mir. Ich war plötzlich der Depp an meinem eigenen Geburtstag und irgendwie raus aus dem Geschehen.

Als sich die laute Leonore von mir verabschiedete, drückte sie mir Hermann einfach in den Arm. Ich war völlig perplex, völlig von den Socken. Da stand ich nun, mit Hermann an der Brust.

Nach dem anstrengenden Abend sah er ein wenig grau, etwas abgeschlafft aus. Ich beäugte den derangierten Hermann gründlicher; viele hatten sich um ihn gedrängelt, ihn mal begrapschen wollen. Ich versprach der lauten Leonore, gut auf ihn acht zu geben, und mich auf Verlangen auch wieder von ihm zu trennen.

Als alle weg waren, betrachtete ich nachdenklich den zurückgebliebenen Hermann. Was hatte mir die laute Leonore ans Herz gelegt? Hell sollte er es haben, und warm. Da stand er nun, eingeschlossen in einem Marmeladenglas. Ich stellte ihn vorsichtig aufs Fensterbrett, den guten, alten Hermann, den Kult-Sauerteig aus den Achtzigern. Nun wartete er darauf, von mir gefüttert, gezüchtet, eingefroren oder verarbeitet zu werden. Aus ihm sollten einmal Kuchen werden, und auch Brote. Und von Zeit zu Zeit würde ich kleine Teile von ihm verschenken, damit er auf anderen Geburtstagsfeiern bei den Damen erneut seinen Siegeszug antreten konnte.

9. Der Mond ist aufgegangen

Der Mond ist aufgegangen

Die goldnen Sternlein prangen

Am Himmel, hell und klar

Der Wald steht schwarz und schweiget

Und aus den Wiesen steiget

Der weiße Nebel wunderbar.

Volkslied von Matthias Claudius

Leicht verändert von mir als „Ode ans Alter"

Der Bauch ist aufgequollen

Die tiefen Falten rollen

All überall, ganz klar

Die Zähne stumpf und leidend

Und aus der Nase steigend

Die dunklen Haare, immerdar.

10. Sileo auf Terra 2022

Wir schreiben das Jahr 2080. Ich bin eine Bewohnerin von Grirr 1010 und man nennt mich Keira. Grirr 1010 ist eine Schöpfung aus bizarren Elementen, die ein streng gehütetes Geheimnis bergen. Ich mag meinen künstlichen Planeten. Er ist etwas älteren Datums und sehr bequem, fast ein wenig altmodisch. Wir pflegen auf unserer künstlichen Welt noch ein paar Überlieferungen aus alten Zeiten, wie zum Beispiel Space-Taxis, eigene Zellenquartiere und sogar ein paar Bars, wo man abhängen kann.

Unsere Laboratorien sind allerdings alles andere als altmodisch. Ich bin ein Androide, eine weibliche Mutation aus hoch entwickelter Big Data und menschlichen Restzellen. Meine irdischen Stammzellen haben mir ein attraktives Äußeres geschenkt, mein Hirn besteht jedoch aus komplexen intellektuellen Leistungsrechnern. Ich bin Wissenschaftlerin und suche nach biologischen und chemischen Verbindungen aus der sogenannten Alten Welt, die uns vielleicht noch nützlich sein könnten.

Leon ist mein Boss. Ein Haufen Schaltstellen, Achsen und Drähte. Hochintelligent, aber nicht sehr attraktiv. Er ist Mann und Frau gleichzeitig, ein Zwitter, was ihn aber nicht davon abhält, mir auf die Nerven zu gehen.

Ich war froh, als er mir den Auftrag gab, nach Terra 2022 zu fliegen. Damit war ich erst einmal aus seiner Schusslinie.

Dieser alte Planet ist so etwas wie ein Abstellgleis von Überlebenden aus dem Jahr 2022. Er hatte vormals den

Namen Erde und wurde vor 61 Jahren von einem geheimnisvollen Virus heimgesucht, das die gesamte Menschheit durchseuchte. Millionen und Aber-millionen Menschen starben, und nur ein paar Tausende überlebten durch unsere Hilfe.

Wir schlossen sie ein, diese Menschen, auf ihrem eigenen Planeten. Und bedienen uns von Zeit zu Zeit aus ihrer Vergangenheit, um neue Erkenntnisse zu ent-wickeln. Es war nicht alles schlecht, was sich da vor Jahrzehnten auf dieser Erde abspielte. Nur das Virus, das bekamen diese Menschen nicht in den Griff.

Ich beamte mich ein. Es war das erste Mal, dass ich Terra 2022 besuchen durfte. Und ich war mindestens so auf-geregt, wie bei meiner Umwandlung von einem Roboter in eine humanoide Gynoide. Was würde mich auf Terra 2022 erwarten?

Eine Zeitrechnung später:

Der Wächter von Quarta X auf Terra 2022 war einer der ganz alten Bots. Er kam aus einer vorsintflutlichen Modellreihe von Arbeitsbots, die sich automatisch in immer wiederholenden Aufgaben abarbeiten, ohne dabei auf eine Interaktion von uns angewiesen zu sein. Der Wächter war groß, sehr groß sogar. Ein schuppiges, metallisch glänzendes Wesen, das ganz sicher keinen Schönheitswettbewerb gewinnen konnte.

»‡Œšæššæš‡Œ??«

Oh weh, der war auch noch mit diesem alten Webdingsbums programmiert. Ich stellte den automatischen Translator ein und gab mich mit meinem autorisierten Eintrittscode zu erkennen.

»Sie sind bereits angemeldet, bitte folgen Sie mir.«

Ich befand mich in einer Stadt, die sich vor der Pandemie Wien genannt hatte und auf dem europäischen Teil der Alten Welt lag. Dort hatten wir vor 58 Jahren die Überlebenden zusammengepfercht, weil sie alle eine ähnliche Sprache hatten. Mit seltsam unterschiedlichen Klangfärbungen zwar, aber doch untereinander verständlich. Den Rest der Erdbevölkerung gab es nicht mehr. Alle ausgerottet: Dörfer, Städte, Länder, Kontinente. Nur diese Leute, die sich Deutsche, Schweizer und Österreicher nannten, die hatten überlebt. Jedenfalls ein Teil davon, ein paar Zehntausende nur.

Die ehemalige Residenzstadt protzte noch immer mit reich verzierten Bauten, die sich langsam aber sicher dem Verfall hingaben. Breite Straßen mit maroden Gebäuden, altmodischen Läden, nostalgischen Restaurants und Cafés ergaben sich dem Niedergang.

Die Bewohner hatten ihre Stadt in Viertel aufgeteilt und nach Bezirken wie Innere Stadt, Leopoldstadt, Wieden oder Josefstadt benannt. Die Bevölkerung war autonom, das hatten wir ihnen zugestanden. Aber diese Stadt war auch ein Gefängnis, eine verriegelte Stadt, mit einem Gürtel Wächterbots versperrt. Die Bots schlugen schnell und gnadenlos zu, falls ein Bewohner den Versuch machen sollte, zu fliehen.

Die Stadt war grün. Überwuchert von Grün, so wie der ganze Planet auf seiner Landmasse nur noch grün schimmerte. Ich hatte einmal gelesen, dass man diese Erde früher den Blauen Planeten nannte. Wegen der

Weltmeere. Ein Scherz inzwischen, denn das Blau hatte sich weit zurückgezogen. Grüner Planet wäre jetzt eher angesagt.

Obwohl, es gab sie ja noch, diese Meere.

Der Bot brachte mich in das Ratsgebäude, wo mich eine alte Dame mit Gehstock erwartete. Da stand sie, schwer auf ihre Stütze mit Silberknauf gelehnt. Ein Mensch, ein echter Mensch. Uralt, nach Erdenberechnung vielleicht hundert oder noch mehr Jahre alt. Ich betrachtete sie neugierig.

»Man hat Sie angemeldet. Herzlich Willkommen in Wien. Ich bin die Ratsälteste und mein Name ist Edelgard Burgstaller. Prof. Dr. Burgstaller.« Sie streckte mir ihre Hand entgegen.

Ich wusste nicht recht, wie ich mich verhalten sollte. Auf meinem Planeten kannte man kein Alter; auch gab man sich nicht die Hand. Ich stotterte herum: »Äh, sehr erfreut, Sie kennenzulernen. Ich heiße Keira und komme von Grirr. Von Grirr 1010.«

Unsere künstlichen Planeten heißen alle Grirr, durchnummeriert von 1 bis unendlich.

»Ich weiß. Sie wollten der ältesten Bewohnerin Fragen stellen und ein paar humane Proben ziehen. Nun, ich bin die Älteste auf dieser Erde. Fangen Sie einfach an.«

Diese Frau war zwar uralt, aber sicher nicht senil. Sie wusste ganz genau, wen sie vor sich hatte, worum es ging und was ich wollte. Ich stellte meine Fragen:

»Wie war das damals? Als die Pandemie nicht mehr aufzuhalten war? Was war geschehen?«

Frau Burgstaller schaute mir aufmerksam ins Gesicht und schien dabei nachzudenken. Um ihre Augen zeugte ein Kranz aus vielen kleinen Fältchen, dass sie früher wohl gerne gelacht hatte. Ihre Stimme klang jetzt traurig, ernst.

»Es war die vierte Welle, die uns ausrottete. Alles begann mit einem unbekannten Virus, das anfangs mit sehr viel Disziplin eingedämmt wurde. Aber nicht bezwungen. Man hatte in der westlichen Welt Impfstoffe und Medikamente entwickelt, die verimpft wurden, die den Krankheitsverlauf abmilderten.

Aber die Menschen gewöhnten sich im Laufe der Zeit an das Virus, an die Gefahr. Bei Bedarf wurden die Impfungen einfach aufgefrischt, bei Symptomen ein paar Pillen geschluckt. Fertig.

Zwei Jahre nach dem Ausbruch gab es wieder Versammlungen, Veranstaltungen, öffentliche Auftritte und Schulöffnungen, Urlaube, Partys. Die Flughäfen öffneten, und die Welt wurde wieder kleiner.

Die Menschen wurden nachlässig, unvorsichtig. Die vierte Welle kam mit Wucht, mit vielen unbekannten Mutationen. Ihre Unachtsamkeit wurde bitter bezahlt. Sie forderte immer mehr Menschenleben, Millionen und Abermillionen Menschenleben. Die Menschen starben weg wie die Fliegen. Ganze Kontinente wurden ausgerottet. Asien, Afrika, Russland, Amerika, einfach alle. Nur ein paar Deutsche, Schweizer und Österreicher überlebten, weil sie sich eisern disziplinierten. Eine davon, die Älteste, steht jetzt vor Ihnen.«

Ich betrachtete die alte Dame und fragte sie direkt: »Was waren das für Menschen, die überlebten?«

36

Sie lächelte mich an: »Wissenschaftler, Ökologen, Ärzte, Biologen, Virologen. Wir haben es unserer Disziplin zu verdanken, dass wir hier auf dieser urbanen Insel überleben konnten.«

Ich räusperte mich diskret: »Und den Bewohnern von Grirr. Immerhin haben wir Sie gerettet und erlauben Ihnen dieses Leben in dieser Stadt.«

Frau Burgstaller war eine kluge Frau, sie hielt den Mund und sagte nichts dazu.

»Wie lange war der Zeitraum von der ersten Ansteckung bis zur Ausrottung der Menschheit? Und warum gab es kein Gegenmittel?«

Frau Burgstaller lächelte milde: »Es dauerte etwas über zwei Jahre, und es war die Schuld der Politik. Mit den neuen Mutationen wurden die Impfstoffe und Medikamente nutzlos. Einzelne Staatsmächte stritten um neu entwickelte Vakzine, aber sie konnten sich nicht einigen. Der neuartige, wirksame Impfstoff wurde nie freigegeben.«

Ich konnte es kaum glauben. »Da gab es einen Impfstoff, der alle hätte retten können, aber die Politik war sich uneins?«

»Ganz genau, so war es. Sie diskutierten, sie stritten, sie drohten mit Sanktionen, mit Kriegen. Als die Bevölkerung davon erfuhr, waren die Menschen maßlos wütend und enttäuscht. Sie hielten sich nicht mehr an die Anordnungen von oben. Es gab Streit, Proteste und Demonstrationen. Der Mob tobte. Es war das reinste Chaos. In der Bevölkerung, in den Parlamenten und auf den Straßen. Die Menschheit wollte nur noch vergessen und feiern. Sie ignorierte alle Vorgaben, jede Verordnung. Das war das Ende.«

Sie erzählte von Hilflosigkeit, von Verzweiflung und Wut. Von Verseuchung, von Zusammenbruch der Zivilisation und vom Massensterben. Ihre Worte waren schwer auszuhalten.

Zum Schluss sammelte ich die bereitgestellten Biomarker der Wiener Bevölkerung aus verschiedenen Altersklassen ein und durfte bei Frau Burgstaller noch ein paar Löckchen und Fingernägel abschneiden. Die Proben brauchte ich, um die menschlichen Restzellen von Androiden wie mich zu entschlüsseln. Damit wir auch ohne die aussterbenden Erdbewohner weiterleben konnten.

Ich bedankte mich artig und verabschiedete mich von der alten Dame. Sie sagte nicht „Auf Wiedersehen", sie sagte „Adieu".

11. Petri Heil

Er war ein passionierter Angler. Karpfen, Hechte, Brassen, er angelte alles, was er an den Haken bekam. Ich durfte dann die Viecher verarbeiten. Wenigstens aß er seinen Fisch, was viele Angler ja nicht tun.

In der Zeitung las er von dem Schnäppchen und kaufte den noch fast neuen Zodiak mit Außenbordmotor zu einem sensationell günstigen Preis.

Er hatte sich übers Internet ein Computerprogramm zugelegt, das auf einem kleinen Bildschirm anzeigen sollte, wo sich welche Fische unter seinem Boot tummeln würden.

Nun musste er es nur noch einbauen.

Ich hörte ihn in der Garage fluchen. Das Vokabular seiner Schimpfworte erweiterte sich von Stunde zu Stunde. Irgendwie schaffte er es doch noch, das Ding zu installieren.

Endlich fuhr er los und winkte mir zum Abschied zu. Vor dem Abend würde er nicht zurückkommen.

Ich machte mir einen schönen Tag mit meinen Freundinnen.

Gegen Abend machte ich einen Kartoffelsalat in der üblichen Erwartung, die gefangene Beilage frisch zu braten. Er war ein guter Angler und hatte bislang immer was mitgebracht.

Heute nicht.

Er verstand die Welt nicht mehr.

Er klang enttäuscht: »Das neue Computerprogramm ist absolute Spitze. Unter meinem Boot wimmelte es nur so von Fischen. Von Karpfen, Hechten, Brassen. Man konnte sie ganz deutlich sehen. Aber ich habe keinen einzigen Fisch gefangen!«

Wir aßen reichlich Kartoffelsalat.

Danach war er noch immer verdrossen und ging frustriert ins Bett. Ich wollte noch einen Film sehen und blieb vor dem Fernseher kleben.

Als ich schlafen gehen wollte, sah ich, dass in der Garage noch das Licht brannte. Er hatte in seinem Frust vergessen, es auszuschalten.

In der Garage betrachtete ich neugierig das neue Boot etwas länger. Der Zodiac war tiefschwarz und hatte rote und gelbe Einsätze an den Tragschläuchen. Modern und sportlich schick. Wirklich ein Schnäppchen.

Das Computerding klemmte an der Seite und hatte einen Bildschirm und eine Halterung, die eine Art Kamera unter das Boot führte. Er hatte es in seinem Frust nicht mal abgeschaltet. Es summte leise vor sich hin.

Ich hielt den Kopf näher an den Bildschirm ran und wahrhaftig, in unserer Garage wimmelte es nur so von Karpfen, Hechten und von Brassen.

Das ließ mir nun doch keine Ruhe, ich ging der Sache auf den Grund.

Nach zehn Minuten hatte ich das Rätsel gelöst. In dem Angelcomputer steckte noch die Demo-Diskette, die höchst anschaulich demonstrierte, was der glücklose Angler *vielleicht* hätte angeln können.

12. Storchensalat

Es war einmal ein Storch

Der lebte in der Nähe von Lorch

Er konnte weder fliegen noch flattern

Da half auch kein Schieben und Knattern

Knallte voll in den Tümpel

War nur noch Gerümpel

Und zwar im Spagat

Jetzt haben wir den Salat

13. Verzählt

Ich war völlig durchgeknallt. Also eher verknallt. Nach fast zwei Jahren Enthaltsamkeit hatte ich wieder Schmetterlinge im Bauch. Ich war verliebt.

Thomas rief mich täglich an, verabredete sich mit mir an den Wochenenden, beschenkte mich mit Blumen, romantischen Ausflügen und meinen Lieblingspralinen. Alles war gut, alles bestens. Bis, ja bis er nur noch jeden zweiten Tag anrief. Dann wurden die Anrufe noch weniger. Die Blumen blieben aus, die Pralinen auch. Und von den romantischen Wochenenden konnte ich nur noch träumen.

Mein Kopf sagte mir, dass er mich nicht mehr liebt, aber das Herz wollte es nicht so recht glauben. Ab und zu rief er noch an, und wir verabredeten uns auch wieder. Und landeten prompt im Bett. Danach war wieder Funkstille. Bis zum nächsten Mal. Eine ungesunde Situation.

Ich musste an die Luft, sonst würde mir der Schädel platzen.

Der Bürgerpark wurde gerade für den Sommer herausgeputzt, die neuen Pflanzen glänzten im frischen Grün.

Sechs Entenkinder schwammen ohne Mama und Papa auf dem Teich. Die Sonne zauberte flirrende Lichter aufs Wasser. Ich zählte die Entenkinder durch: Er liebt mich, er liebt mich nicht. Er liebt mich, er liebt mich nicht. Er liebt mich, er liebt mich nicht.

Scheiße!

Ich schaute mich vorsichtig um. Hockte mich neben den Teichrand.

Neugierig kamen die kleinen Entlein angeschwommen. Zerbrechlich und flaumig gelb. Ich griff mir eins und drückte kräftig zu.

Und zählte nochmals durch. Na bitte, geht doch.

14. Ein Wiener Geschichtchen

Als er sich mit einem Seufzer in den Theatersessel fallen ließ, wusste er sofort, dass dieser Wienbesuch anders werden würde. Wolf blätterte im Programmheft. Mozart-Wochen in Wien!

Die junge Frau sah ihn mit einem bezaubernden Lächeln an und entschuldigte sich für ihr Vorbeizwängen. Sie zog ihr Ebenbild hinter sich her. Eineiige Zwillinge. Eine hatte einen blitzenden Diamanten am linken Ohr. Beide waren die Attraktion im Parkett, erste erhöhte Reihe.

In der Pause verlor er die beiden aus den Augen und beeilte sich, im Gedränge ein Glas Sekt zu erwischen. »Hallo Wölferl«, sprach ihn eine helle Stimme hinterrücks an. Oh Gott, es war Antonia, seine Wiener Affäre vom letzten Jahr. Ihre ringgeschmückten Finger umfassten seinen Nacken, und die goldenen Armreifen klirrten an seinem Ohr. Er drehte sich langsam um und sein Blick blieb automatisch an ihrem üppigen, wenig kaschierten Busen hängen. Er spürte das Prickeln auf seiner Haut. Verdammt, dass er aber auch immer wieder darauf abfuhr.

Sie war eine dunkelhaarige, auffallende Person in einem raffiniert ausgeschnittenen rubinroten Samtkostüm. Sie lachte ihn an. »Ach Wölferl, herzig dich wieder zu sehn.«

Hinter ihr stand verlegen lächelnd, ein etwas kleinerer, pummeliger, blonder Mann. Er roch förmlich nach Geld.

»Darf ich vorstellen ...?« Es klingelte bereits zum dritten Mal. Sie hakte ihren Begleiter lachend unter und winkte ihm zu. »Bussi Wölferl, man sieht sich.«

Als die Musik einsetzte, schloss er die Augen. Antonia war im letzten Jahr seine kurze, aber heftige Affäre in Wien gewesen. Mit blutigen Kratzspuren am Rücken und Knutschflecken am Hals. Als er in Frankfurt den ersten Tag wieder im Amt erschien, konnte er die Spuren kaum kaschieren. Im Kollegenkreis ging das schnell rum, und sie zogen ihn noch Wochen damit auf.

Er schielte nach links. Die Zwillinge saßen brav auf ihren Plätzen. Er nickte grüßend mit dem Kopf.

Als die Kronleuchter wieder angingen, beugte sich die im grünen Kleid zu ihm rüber. »Sinds zum ersten Mal in Wien?« Er log und nickte mit dem Kopf.

»Dann müssens unbedingt ins „Schwarze Kameel" gehn. Da hams Wien pur.« Sie gab ihm gute Ratschläge.

»Ist das weit von hier, dieses „Schwarze Kameel"?« Er stellte sich dumm.

»Also, wir gehn nach der Oper dort immer hin. Erstens ists net weit, und zweitens sieht man ganz Wien. Und ganz Wien sieht uns. Kommens doch einfach mit.« Ihr breites, schmeichelndes Österreichisch lullte ihn ein. Er hätte in keinem Fall Nein gesagt.

Der Jugendstiltreff wirkte gemütlich und sehr intim. Der Kellner begrüßte die Zwillinge wie alte Bekannte und bat sie zu einem Erkertisch.

Schräg von ihnen saß die Geigerin Anne-Sophie Mutter, angeregt in ein Gespräch mit einem gutaussehenden dunkelhaarigen Mann vertieft. Der Dunkelhaarige erinnerte ihn an ein Konzert in München, das er vor zwei Jahren besucht hatte. Er konzentrierte sich auf die Sprachfetzen. Sie sprach ihn mit Claudio an. Also doch, Claudio Abbado, der Dirigent der Berliner Philharmoniker.

Er stieß langsam und leise die Luft zwischen den Zähnen aus und freute sich schon auf die neidischen Kommentare seiner Kollegen im Amt, wenn er von der Prominenz am Nachbartisch erzählen würde.

Er bestellte eine Flasche Riesling.

»Prost, dass die Gurgl net verrost! Ich bin die Nada, und das ist meine Schwester Lina.«

Nada redete die ganze Zeit. Von Tourneen, und dass Lina eine begnadete Pianistin sei, und dass sie ihre Zwillingsschwester in ihrer Karriere manage. Lina hörte nur zu und lächelte.

Er bestellte noch eine Flasche Riesling, und später noch eine. Er merkte, dass sein Umfeld langsam in Watte versank.

Plötzlich wurde Nadas Stimme schrill: »Wusstest du, dass Lina stumm ist?« Lina wurde rot. Nada bekam einen Schluckauf. »Du musst wissn, dass sie seit ihrer Geburt stumm ist, hick, aber nicht taub. Sie kann redn, hick.« Nada kicherte: »Mit den Fingern reden, weißt du. Mit den Klaviertasten kann sie tausend Geschichten erzähln.«

Sie hielt plötzlich inne und murmelte: »Ich glaub, ich hab ein paar Glaserl zu viel getrunkn.«

Der Diamant funkelte an ihrem Ohr. Sie zupfte mit der einen Hand daran herum und hob ihr Glas. »Auf Lina, und ihre göttlichen Finger.«

Sie tranken auch noch eine vierte Flasche.

Als er aufwachte, wusste er im ersten Moment nicht, wo er war. Dann kam die Erinnerung. Sie waren zu dritt in das Hotel der Zwillinge gewankt. Es war nicht weit, nur ein paar Schritte um die Ecke vom „Schwarzen Kameel".

Nada rief aus der Dusche. »Ich mach mich a bisserl frisch, dann komm ich wieder.«

Wie sie das wohl meinte? Er musste bei der Wortspielerei grinsen. Sie hatte ihm die Kleider vom Körper gerissen. Sich auf ihn gestürzt. Nada war gierig und hatte ihm keine ruhige Minute gelassen. Sie kam immer wieder, er hatte ihre Orgasmen nicht mehr gezählt. Seine Zungenspitze fuhr langsam über die frischen Bisswunden an seiner blutigen Oberlippe. Unübersehbar. Er dachte mit Unbehagen an die Kollegen im Amt. Die hatten wieder was zum Lästern.

Antonia und Nada, alle gleich, diese Weiber.

Eine dumpfe Schwere überkam seinen Körper und beim gleichmäßigen Rauschen des Duschwassers schlief er ein.

Als er etwas später wieder aufwachte, hatte Nada das Licht gelöscht. Es war dunkel im Zimmer. Sie lag neben ihm und ihre Zunge glitt spielerisch über sein Gesicht, langsam über seinen Hals. Aus ihrer Kehle kamen eigenartige Töne, schnurrend sanft wie ein Kätzchen.

Was dann kam, war die Erfüllung seiner Fantasien. Ihr Mund wanderte zärtlich über seinen Körper, verweilte dort, wo er Symphonien der Lust erlebte. Ihre maßlose Wildheit war einer hingebungsvollen Zärtlichkeit gewichen.

Dankbar und erschöpft beugte er sich über sie und seine Zunge glitt in die Biegungen und Rundungen ihre perfekten Ohrmuscheln, wanderte über die filigranen Ohrläppchen. Nichts störte die makellose Zartheit ihrer formvollendeten Ohren. Er kam wieder auf Touren und ergoss sich in ihr.

Ermattet schlief er ein.

Von draußen dämmerte bereits das milchige Licht des Morgens. Das Bett neben ihm war leer. Ein Blick auf den Hotelwecker ließ ihn hochfahren. Verfluchte Hacke, acht Uhr. Um Halbelf ging sein Zug. Er zog sich hastig an und stürmte nach unten in die Rezeption.

Ja doch, die Damen seien schon abgereist. Nein, eine Nachricht sei nicht für ihn abgegeben worden.

Der Portier winkte nach einem Taxi.

Eilig holte er seine Reisetasche von der alten Pensionswirtin, der er fast zwanzig Jahre die Treue gehalten hatte. Wieder im Taxi, hatte er null Bock auf den Wiener Schmäh, mit dem ihn der Taxifahrer auf nüchternem Magen überschüttete.

Erst im Zug fand er ein wenig Ruhe. Er bestellte sich einen Kaffee und ein Hörnchen beim vorbeieilenden Buffetdienst. Hungrig biss er in den knusprigen Blätterteig, trank gierig die dunkle Brühe aus dem Pappbecher und schaute in den Nieselregen. Das nasse, unfreundliche Grau flog immer schneller an ihm vorbei. Er hing seinen Gedanken nach und träumte von der vergangenen Nacht mit Nada. Von ihrer ungezügelten, unersättlichen Wildheit. Dann wieder von ihrer zarten Zunge und ihren flinken Fingern. Nach dem Duschen war es fast noch schöner gewesen. Er träumte mit offenen Augen weiter.

Als der Zug am nächsten Bahnhof einlief, setzte sich eine Frau zu ihm in das Abteil, eine leise Entschuldigung murmelnd. Er blickte kurz auf sein Gegenüber. Ungefähr Ende Fünfzig, in einem grauen, gutsitzenden Schneiderkostüm. Am rechten Revers funkelte eine Diamantbrosche. Das Blitzen und Leuchten weckte Erinnerungen. An etwas, was er abrufen, aber nicht greifen konnte.

Er sah den glitzernden Diamanten an. Da war es wieder, dieses Funkeln und Blitzen in seinem inneren Auge. Sein Herz klopfte schneller. Plötzlich spürte er den Biss von Nada an seinem geschwollenen Mund, und wie er nach dem Duschen seine geschundenen Lippen langsam und vorsichtig über ihre zarten Ohrläppchen wandern ließ. Ihre Haut war seidenweich, seidenglatt. Nichts störte diese geschmeidige Haut unter seiner Zunge, nicht mal der gepiercte Diamant. Der Diamant! Er stöhnte leise auf, versuchte sich zu erinnern.

Nach dem Duschen war nichts mehr wie vorher. Diese wilde Zügellosigkeit, diese hemmungslose Begierde, war plötzlich wie weggepustet. Hatte sich in inniger Hingabe in ein virtuoses Fingerspiel auf seiner Haut, auf seinem Körper, verwandelt.

Das nasse, unfreundliche Grau flog immer schneller vorbei. Er kam ins Grübeln.

15. Engelstaub

Vergessen Sie einfach alles, was Sie bislang über Wolke Nummer 7 gehört haben. Alles nur Lüge. Ich sitze dort oben unfreiwillig und weiß ganz genau, was da oben abgeht.

Ich habe Hausarrest, und alle Bengelchen sitzen mit mir auf diesem blöden Niemandsland fest. Eigentlich sind wir ja Engelchen, aber weil wir eine Dummheit gemacht haben, nennt man uns jetzt Bengelchen. Und haben Hausarrest auf besagter Wolke.

Und dieser ganze Unsinn, von wegen Schweben auf Wolke Nummer 7, alles nur Quatsch. Jeder Schritt ist eine Qual. Man sackt in dieses watteweiche Gewaber ein und muss höllisch aufpassen, dass man nicht mit einem Fuß steckenbleibt. Oder, schlimmer noch, einfach durchsackt.

Wir haben ja auch menschliche Bedürfnisse, wir Bengelchen. Pipimachen und so, und wenn unsereiner die Hosen runterlässt, da gibt es ein Problem. Da flutscht das einfach nur so durch, bodenlos in die Tiefe, verstehen Sie?

Wir haben beschlossen, uns ein stilles Örtchen zu bauen. Und während wir so durch die Wolke staksen und eine Latrine bauen, haben wir das Ganze auch noch gefilmt. Für die Bengelchen-Gewerkschaft. Diese unhaltbaren Zustände müssen endlich öffentlich gemacht werden, und unsere Rechte müssen durchgesetzt werden! Jeder Mensch hat mehr Rechte auf Erden als wir Bengelchen im Himmel.

Haben Sie sich schon einmal Gedanken gemacht, woher dieser viele gelbe Staub auf Ihren Autos herkommt, den Sie jedes Jahr wegputzen müssen? Von Ihrer Terrasse, von Ihren Fensterscheiben? Was glauben Sie eigentlich, was das ist?

Dieser Wetter-Fuzzi Petrus verkauft das der Menschheit da unten mit seinem treudoofen Silberblick tatsächlich als Pollenstaub oder Saharasand. So ein bodenloser Unsinn. Wir Bengelchen wissen es besser. Wir kennen die Wahrheit, die einzige, die wahrhaftige, die alleinige Wahrheit.

So, und Sie kennen sie jetzt auch.

16. Meine Kinderwelt

Ich muss so zwischen vier und fünf Jahre alt gewesen sein. Jedenfalls kann ich mich gut an die Begebenheit aus meiner Kleinkindzeit erinnern.

Ich lebte mit meinen Eltern in einer alten Villenkolonie, nahe bei Frankfurt am Main. Zeitweise wohnten wir auch in dem Verwalterhaus eines großen Gutshofes, wenn mein Vater in seine Kunstblumenfabrik in den Harz reisen musste, um dort nach dem Rechten zu sehen. Manchmal begleitete ihn meine Mutter für ein paar Tage. Und manchmal durfte auch ich mit.

Das Verwalterhaus war ein altmodischer Kasten, ziemlich zugig und groß. Es gab ein Wohnzimmer, ein Herrenzimmer, ein Spielzimmer, eine Wohnküche, vier Schlafzimmer und zwei Bäder. In jedem Raum stand ein großer weißer Kachelkaminofen.

Ich war bei unseren Besuchen viel allein und hatte niemanden zum Spielen. Kinder gab es nicht auf dem Hof. Der Gutsbesitzer war ein Freiherr von Goerne und wohnte im zwanzig Kilometer entfernten Schloss mit Frau und Kindern. Die kannten wir aber nicht. Meine Eltern und ich waren für den Freiherrn kein Umgang. Aber die Miete für das Gutshaus war schon genehm.

Ich liebte mein Spielzimmer. Es war früher das Esszimmer gewesen und praktisch leer. Ich holte mir oft den großen Karton aus der Zimmerecke und schichtete Bauklötzchen um Bauklötzchen übereinander, um imposante Häuser, weite Brücken und hohe Türme zu bauen. Wenn die Holzklötze krachend umfielen, kreischte ich laut vor Vergnügen und klatschte begeistert in die Hände. Ich konnte mich ziemlich gut alleine beschäftigen.

Vor dem Gutshaus rannten die Hühner frei herum, und ab und zu büchste auch ein Schwein oder eine Ziege aus dem Stall. Dann rannte eine Magd mit hoch geschürzten Röcken über den Hof und versuchte mit großem Geschrei, das Tier wieder einzufangen. Manchmal rannte ich hinterher.

Selbstbewusst und ziemlich altklug stapfte ich durch sämtliche Wirtschaftsräume und fragte den Mägden und Landarbeitern abgrundtiefe Löcher in den Bauch. Ich stromerte durch die angrenzenden Ställe, ärgerte die Tiere und schmuste mit den streunenden Katzen. Aus der Dienstbotenküche stibitzte ich ungeniert die für mich ungewohnten Leckereien wie eingelegte Knickeier, frittierte Schweineohren, mit Innereien gefüllte Hühnerhälse und pappige Graupensuppe. Schlemmereien, die meine Eltern so nicht kannten. Die Wirtschafterin duldete es und steckte mir noch zusätzlich Näschereien zu.

Eines Tages spielte ich draußen auf dem Hof und veranstaltete mit drei Hirschkäfern ein spannendes Wettrennen. Ich ließ sie in einer Reihe antreten. Wer als Erster gewonnen hatte, durfte wieder in die Freiheit. Plötzlich raste ein Hahn von seiner gefiederten Sippschaft weg und stürzte sich auf meine Hirschkäfer. Er schnappte sich mein größtes Exemplar, knackte es mit seinem harten Schnabel und schluckte das Prachtstück genüsslich runter. Fassungslos schaute ich dem Treiben zu. Der Hahn machte Anstalten, sich den nächsten Käfer zu schnappen.

Ich wurde wütend, richtig wütend.

Ich hatte gut aufgepasst, wann immer eine Magd ein Huhn zum Schlachten holte. Die Frauen packten den Vogel fest an der Gurgel, schmissen ihn mit Wucht auf den Hackstock und köpften ihn mit einem einzigen Schlag. Anschließend lief das Federvieh mit abgehacktem Kopf noch für eine Weile über den Hof.

Schlachten wollte ich den Gockel nicht wirklich, also packte ich den Hahn mit beiden Patschhändchen fest um den Hals und wirbelte um die eigene Achse. Wieder und wieder, bis mir schwindlig wurde. Erst dann ließ ich los. Der Hahn flog im hohen Bogen durch die Luft und beide landeten wir im Dreck.

Ich weiß nicht, wer von uns mehr vom Hof torkelte, der Hahn oder ich. Jedenfalls gab es ein ernsthaftes Gespräch unter vier Augen mit meinem Vater und keine tröstenden Worte von meiner Mutter. Dafür brüllendes Gelächter vom Gesinde, dass das Spektakel mit größtem Vergnügen beobachtet hatte.

Der Zwischenfall ist wohl dem Gutsherrn vorgetragen worden. Ein paar Tage später kam Herr von Goerne auf seinen Hof geritten, und wünschte meinen Vater zu sprechen. Es wurde ein langes Gespräch unter Männern, mit Cognac und Zigarren, im Herrenzimmer.

Zwei Tage später hatte ich meine erste Reitstunde. Auf einem Pony vom Schloss. Der Gutsbesitzer hatte wohl gemeint, dass das Kind zu wenig Beschäftigung habe, und er nicht auf seinen besten Zuchthahn verzichten wolle.

Ach übrigens, der Hahn und ich, wir gingen uns nach dem Zwischenfall geflissentlich aus dem Weg.

17. Fisch an Fusel

Die Faschingsparty war in vollem Gang. Olaf hatte sechs Freunde eingeladen, die mit ihren Mädels angerückt kamen. Die Mädels waren bunt kostümiert und grell geschminkt. Die Jungs hatten sich nicht die Mühe gemacht. Dafür hatten sie reichlich Wodka mitgebracht, und die Stimmung war echt gut.

Olafs Erdbeerbowle kam nicht so gut an. »Eh Alter, was isn das fürn altmodischer Kram? Haste nix Vernünftiges auf Lager?« Die Clique war bereits gut angesäuselt. Auf dem Weg zu ihm hatte man schon ein paar Flaschen geleert. Nach einigen halbherzigen Versuchen wurde der Rest der Bowle kurzerhand ins Aquarium geschüttet.

Olafs bunte Zierfische gluckerten empört, und die Luftblasen stiegen dicht an dicht nach oben.

»Wir hätten ihm gleich sagen sollen, dass das keine gute Idee ist, das mit der Einladung.« Goldjäckchen wedelte empört mit den Flossen. »Letztes Jahr war das kein Thema; da war er noch mit seiner Flamme zusammen.«

Knutschmaul löste sich vom Aquarienglas und schnappte einen kräftigen Schluck Erdbeerbowlen-wasser. »Igitt, was ist denn das für ne Sauerei? Wem schmeckt denn sowas?« Er schluckte und würgte noch immer an dem Gemisch.

Die anderen Fische blubberten wild durcheinander.

Streifenheini versuchte wie üblich, Ruhe in den auf-geregten Haufen zu bringen. »Kinder, seid doch mal friedlich. Wir steigen einfach hoch. Der Ekelkram setzt sich sowieso nach unten ab. Oben geht's uns besser. Los, die Damen zuerst.«

Ein bunt gemischter Damenschwarm stieg geschlossen nach oben und zeigte prächtige Formationen eines formvollendeten Wasserballetts. Die männlichen Exemplare wuselten kreuz und quer hinterher.

Nur Blaupascha hockte zwischen den Fingeralgen und soff sich die Kiemen voll. Er rülpste laut und machte sich auf den Weg nach oben.

»Hey Schnuckischnalle, hast du heute schon was vor?« Er begrabschte Goldjäckchen mit seiner Seitenflosse. Er umkreiste sie, bedrängte sie. Dann brachte er seine Schwanzflosse gefährlich in ihre Nähe. »Na komm schon Süße, hab' dich nicht so. Sei kein Zierfisch.« Er grölte vor Lachen über seinen eigenen Witz.

»Du blöder Fummelfisch, du dämlicher Molch! Wer glaubst du eigentlich, wer du bist?« Goldjäckchen war stinkesauer und blubberte Blaupascha empört an: »Wo leben wir denn? So was geht heutzutage gar nicht, du doofe Qualle. Hau ab.«

Die Fischmädels waren empört und kungelten untereinander. Da war was im Busch. Die hatten was vor.

Olaf war inzwischen hackevoll. Er war der Einzige ohne weiblichen Anhang. Zu blöd, dass er sich nicht auch eine Braut bestellt hatte.

Sein Blick guckte dumpf auf das Aquarium. Dann schaute er in das volle Wodkaglas und prostete sich zu: »Eh Alter, hau weg und ex!«

Er kippte den Inhalt in einem Zug runter.

Mit leerem Blick stierte Olaf in das Wasserbecken. Verdammte Hacke, was hatten ihm die Jungs da nur in den Drink gemischt?

Die Fischmädels drängelten an die Scheibe und guckten zu ihm rüber. Ein Schwarm Goldfischchen zauberte gerade mit perlenden Worten „# me too" auf die beleuchtete Aquariumscheibe.

Das war zu viel! Olaf verdrehte die Augen und rutschte langsam vom Hocker.

18. Knochenjob

»Mein liebes Fräulein Hölzelbein, können Sie mir das erklären? Das darf doch einfach nicht wahr sein!« Er fuhr mit der linken Hand verzweifelt durch sein spärliches Haar und schob die verrutschte Brille mit dem Zeigefinger wieder auf die Nasenwurzel. »Es ist nicht zu fassen. Mein Dino hat schon wieder einen Schwanzwirbel weniger!«

Das war schon der zweite verschwundene Wirbel innerhalb weniger Tage, und Professor Dr. Dr. Cornarius versuchte sich gar nicht erst vorzustellen, was die Chinesen dazu sagen würden. Der Abteilungsleiter der paläontologischen Abteilung vom Hessischen Landesmuseum war kleinwüchsig und sah in seinem falsch geknöpften Kittel aus, als wäre er ständig auf der Flucht. Was ja auch irgendwie stimmte. Seit ein paar Tagen herrschte im Museum die reinste Panik in der Abteilung für versteinerte Lebewesen aus vergangenen Lebenswelten.

Fräulein Hölzelbein protestierte energisch: »Herr Professor, ich versichere Ihnen, dass ich immer alles abschließe, wenn ich nachhause gehe, und ...« Professor Cornarius winkte ungeduldig ab und wischte sich mit einem blaugestreiften Taschentuch den Schweiß von der Stirn.

Das Skelett des gefiederten Raubsauriers war der ganze Stolz des kleinen Paläontologen, und er hatte den Transport von China nach Deutschland höchstpersönlich überwacht. Und genauso musste die

Leihgabe auch wieder zurückgegeben werden. In einem 1a Zustand - und mit allen Wirbeln.

Wieder kam das Taschentuch zum Einsatz, und er murmelte unglücklich vor sich hin: »Irgendwann muss ich es den Chinesen sagen. Ich weiß nur noch nicht wie, und auch nicht wann. Wie soll ich das denen nur erklären? Zwei Schwanzwirbel weniger an ihrem Huanansaurus!«

Er unterdrückte den Impuls, sich wieder durch die Haare zu fahren und zupfte stattdessen nervös am Kittel seiner Assistentin. »Sie können jetzt Feierabend machen, Fräulein Hölzelbein. Ich brauche Sie nicht mehr.«

Fräulein Hölzelbein hatte plötzlich eine Vision: Da gab es doch so einen Film. Wie hieß der nochmal? Es fiel ihr wieder ein: „Nachts im Museum", mit Ben Stiller in der Hauptrolle. Da spielten doch die Exponate nachts verrückt und machten gemeinsame Sache mit ihrem Wissenschaftler. Ob ihr Professor wohl ...?

Ein Schauer lief ihr bei dieser Vorstellung über den Rücken.

Professor Cornarius betrachtete seine tief in Gedanken versunkene Assistentin, die so seltsam durch ihn hindurchblickte und ein Zittern ihrer Hände nicht verbergen konnte. Was war denn nur mit seiner langjährigen Mitarbeiterin los? Ob die etwa ...?

Er schüttelte leicht den Kopf und wischte die schwarzen Gedanken wieder weg. Eine Nacht musste er noch durchhalten. Morgen sollte diese neue Alarmanlage kommen.

Hausmeister Pöttges steckte den Kopf durch die Tür. »Haben Sie Churchill gesehen? Churchill ist seit drei Tagen verschwunden und nicht nachhause gekommen.«

Churchill ist der fette Kater von Pöttges und etwas schräg drauf. Seit sein Kumpel Hector in die ewigen Jagdgründe gegangen ist, hat er den Platz von Pöttges verstorbenem Wachhund eingenommen. Jeden Abend stolziert er mit hoch erhobenem Schwanz hinter Pöttges her und begleitet ihn auf seinem Abendrundgang. Und knurrt jeden Schatten an, den er nicht kennt.

Professor Cornarius schüttelte den Kopf. »Nein, nicht gesehen.«

Auch Fräulein Hölzelbein schüttelte den Kopf: »Keine Ahnung, ich habe Churchill seit Tagen nicht mehr gesehen.«

Sie flüchtete schnell aus dem Vorraum, bevor sich ihr Chef das mit dem frühen Feierabend noch überlegen würde.

Pöttges folgte ihr.

Der Wissenschaftler atmete auf. Endlich allein. Er hatte vor, auch heute Nacht wieder im Institut zu bleiben. Die dritte Nacht in Folge. Vielleicht kam der Täter ja noch einmal zurück, und er konnte ihn auf frischer Tat ertappen.

Cornarius gähnte ausgiebig. Er schob die Brille wieder hoch und setzte sich an den Schreibtisch. Die durchwachten Nächte im Museum hatten ihn geschlaucht. Nur einmal kurz die Augen zumachen, dachte er, nur einmal ganz kurz die Augen schließen.

Dann schlief er ein.

Als die Strahlen der Morgensonne durch die hohen Museumsfenster krochen, fand Fräulein Hölzelbein ihren Chef leise vor sich hin schnarchend vor. Die Arme hatte er schwer auf die Schreibtischplatte gelegt, den Kopf zwischen Akten vergraben.

Der freche Kater Churchill schnaufte neben ihm friedlich im Land der Katzenträume. Seine dicken Pfoten umklammerten zwei kleine, elfenbeinfarbige Dingerchen, mit denen er vorm Einschlafen noch ein wenig Klicker gespielt hatte.

17. Gefühle

Premierenstimmung. Seine Hände flatterten über den Garderobetisch, und er stieß gegen den halbvollen Kaffeebecher. Das Lampenfieber kroch unbarmherzig in ihm hoch und fraß sich durch sämtliche Poren.

Auch nach der hunderttausendsten Aufführung würde das nicht vergehen.

Seitdem die Fernsehauftritte weniger wurden, tingelte er über die Kleinstadtbühnen der Republik. Die Gene hatten es gut mit ihm gemeint, und sein noch immer ansprechendes Äußeres und der Bekanntheitsgrad aus längst vergangenen TV-Serien zogen die Damenwelt noch immer in die Boulevard-Abonnements der Vorstädte.

Er blickte aufmerksam in den großen Wandspiegel. In seinem vollen Haar zeigten sich die ersten grauen Strähnen, und um die Augen veränderten sich die Lachfältchen langsam zu Krähenfüßen. Waren da nicht auch schon erste Anzeichen von schlaffen Konturen um Mund und Kinn?

Resignation überflutete sein Denken. Wie lange ließ sich Mutter Natur noch mit Bühnenschminke überlisten? Er war der Prototyp des jugendlichen Liebhabers und lieferte ihn jahrelang glaubwürdig vor jeder Kamera ab. Dann wurden die Angebote spärlicher, fielen ganz aus. Die Provinzbühnen retteten ihn.

Aber er war nur ein mittelmäßiger Schauspieler, der einzig den Liebhaber in der Schublade hatte. Sein Agent hatte ihm in der letzten Woche besorgniserregende Buchungszahlen für die nächste Spielsaison gemeldet.

Er atmete tief durch.

Und blickte zur Seite. Sie waren beide ganz alleine in der Garderobe. Die Luft flirrte bei jedem Atemzug. Die Anspannung war greifbar. Sie hatten gestern zum ersten Mal miteinander geschlafen.

Es hatte von Anfang an mächtig zwischen ihnen geknistert. Aber sie zögerten beide, waren sich der Komplikationen bewusst.

Sex war nichts Ungewöhnliches auf Tourneen. Man war wochenlang eng zusammen. Auf der Bühne, nach den Vorstellungen an der Hotelbar, im Hotel. Die Liebschaften endeten fast immer in Katastrophen. Es gab mehrere Gründe, den Versuchungen standzuhalten. Die Schauspieler waren meist gebunden, und die Bühnenbeziehungen oft nur von kurzer Dauer. Zu riskant. Dieses Mal hatte er sich hinreißen lassen, war unvorsichtig geworden.

Zu spät.

Nach der letzten Probe landeten sie mit loderndem Sex im Bett. Der Himmel schien einzustürzen, und die Hölle brach auf. Auch jetzt konnte man noch das Funkensprühen zwischen ihnen spüren.

Er schaute zur Seite. Jung und schön, dazu noch talentiert. Beneidenswert. Er konnte sich seinen Gefühlen nicht entziehen, die Leidenschaft übermannte ihn wieder.

Seine Hand schlug hart auf die Tischplatte, wo Generationen von Schminkresten, Kaffeeflecken und Brandlöcher sich in das rohe Holz gegraben hatten.

Es klopfte an der Tür und Debby, die Maskenbildnerin, huschte in die Garderobe. Sie hielt kurz inne und blickte den beiden im ausgeleuchteten Wandspiegel in die Augen.

Sie hatte in ihrer Laufbahn schon vieles gesehen. Kannte fast alles. Ein wissendes Lächeln spielte um ihren Mund.

Seine Hände begannen zu zittern. Die Nerven lagen blank.

Debby hielt die Augen der beiden fest im Blick und versuchte die Situation zu überspielen: »Na Jungs, seid ihr bereit für heute Abend?«

18. Mongibello

Freiwillig wäre ich niemals durch dieses staubige Geröll geklettert, dessen Bewältigung mir bei jedem Schritt pfeifend die Luft aus meinen ohnehin schon lädierten Lungen trieb.

Meine chronisch-obstruktive Bronchitis war die Folge eines hochdotierten Jobs in einem modernen Großraumbüro eines namhaften Konzerns. Meine unmittelbaren Kollegen waren allesamt militante Kettenraucher, und nach fünf verqualmten Jahren ohne Betriebsrat und ohne Anspruch auf Rücksichtnahme, schmiss ich das Handtuch und kündigte meinen sogenannten Traumjob in der freien Wirtschaft.

Ich pfiff weiter auf den mir noch verbliebenen Lungenbläschen und stützte mich schwer auf meine Walking-Stöcke. Seit neun Monaten arbeitete ich jetzt in einem staatlichen Institut für entschieden weniger Geld unter der Fuchtel eines äußerst egozentrischen Professors der Vulkanologie. Er war anstrengend und ein Narzisst. Ein äußerst schwieriger Mensch, der zu allem Überfluss auch noch einen übelriechenden Atem hatte. Das Beste an ihm war, dass er keinerlei Art von Glimmstängeln in seiner Nähe duldete.

Das Institut ließ meinem Vorgesetzten ungewöhnlich viele Freiheiten, da er bei seinen Recherchen häufig erstaunliche Ergebnisse erzielte und damit weltweit Beachtung fand.

Ich teilte meinen ersten Auslandsauftrag mit ihm. Mein Institutsvorgesetzter, Professor Alberto Vari, war an den italienischen Lavagrotten interessiert, einer eher einmaligen Erscheinung unter den festlandeuropäischen Vulkanen, und wir sollten einen der 400 Nebenkrater des Mongibello untersuchen.

Ich stand keuchend an den längs aufreißenden Geröllspalten und musste mich zum wiederholten Male ausruhen. Ich war froh, dass wir nicht zum Hauptkrater mussten, der immerhin über dreitausend Meter hoch liegt.

Erschöpft ließ ich meinen Blick über die unzähligen Nebenkrater des Ätna schweifen. Italien gilt als das klassische Vulkanland Europas. Einer der Hauptgründe für den Vulkanismus in Italien und dem gesamten Mittelmeerraum ist die Kollision des afrikanischen Kontinents mit der europäischen Kontinentalplatte. Das Spezialgebiet von Herrn Professor Alberto Vari, meinem Vorgesetzten.

Mein Atem beruhigte sich langsam. Eine kleinere Spalte befand sich nur wenige Meter von mir entfernt, und mein Blick gewöhnte sich langsam von der grellen Sonne Italiens an die dunklen Lavaspalten. Diese Spalten sind brandgefährlich, da sie im Laufe einer Eruption zumeist nach unten immer weiter aufreißen und in den tiefergelegenen Lagen höllisch heiße Lava ausfließt.

Ich schaute auf die Spitzen meiner Bergschuhe, um meine geblendeten Augen vor der gleisenden Sonne zu beruhigen. Mein Blick wanderte ein paar Zentimeter weiter auf den dunklen Schlackenboden.

Dort leuchtete etwas im Sonnenlicht.

Ich bückte mich und hielt ein zitronengelbes Stück Quarz in meinen Händen. Es war Taubenei groß und schimmerte blass in den Farben Gelb und Grün.

Professor Vari hatte sich über meine linke Schulter gebeugt und pfiff leise durch die Zähne. »Cara mia, du hast eine Sensation in deinen Händen!« Er nahm mir vorsichtig den Stein aus den Fingern und fing an zu dozieren: »Limonen-Citrine findet man normalerweise in Sambia und Tansania, in Brasilien und in Indien. Aber niemals, hörst du, niemals ist bislang ein Citrin in Italien gefunden worden! Mit dem Fund, cara mia, stellst du die herkömmliche Wissenschaft auf den Kopf.«

Ich wich seinem übelriechenden Atem aus. Etwas würgte in mir hoch. Es war mehr als nur sein fauliger Geruch.

Ich war anfangs von seinem Wissen, von seiner Reputation begeistert gewesen und hatte mich dazu hinreißen lassen, ein paar Mal mit ihm zu schlafen. Bereits nach kurzer Zeit wurde mir aber klar, dass er meine Arbeitsergebnisse dreist als seine Verdienste veröffentlichte und mich damit um meine beruflichen Erfolge betrog. Ich dachte mit Wut an die vielen Kränkungen, die Hilflosigkeit, die Schmach, wenn er mich in aller Öffentlichkeit wie eine Arbeitssklavin oder wie seine kleine Nutte behandelte.

Das mit der Nutte ist schon lange her. Aus und vorbei. Und sein ewiges „cara mia" war mir schon immer auf die Nerven gegangen.

Er zog sein Satellitentelefon aus der Windjacke und meldete ein Gespräch an: »Hier Professor Vari, verbinden Sie mich sofort mit Frau Professor Strauß vom Gemmologischen Institut in Hamburg. Sofort, hören Sie!«

Mit einem wölfischen Grinsen im Gesicht säuselte er ins Telefon: »Hallo Elisabeth, bella mia, du wirst es nicht glauben, aber ich habe eben einen Citrin auf dem Mongibello gefunden. Ja, ich weiß, das ist eine Weltsensation. Bereite bitte alles für eine Pressekonferenz vor. Nein, ich bin allein und komme morgen Mittag nach Hamburg. Ciao, bella mia, und Danke für alles.«

Für ihn existierte ich schon nicht mehr.

Vorsichtig schaute ich mich nach allen Seiten in dieser menschenleeren, karstigen Gegend um. Die Gelegenheit war günstig. Keine Menschenseele weit und breit.

Ich fasste einen schon längst fälligen Entschluss.

Es war nur ein kleiner Schritt für Professor Vari, aber ein großer für die Menschheit.

21. Die Zeugin

Es war wie jeden Montag. Zuerst klemmte er die Aktentasche links in die Lücke zwischen Schreibtisch und Rollcontainer. Wie immer. Aber dann setzte er eine Tüte mit Frühstücksbrötchen rechts vom Bürostuhl auf den frisch gewischten PVC-Boden. Das war neu.

Der Boden glänzte noch feucht, die Putzkolonne musste eben erst das Büro verlassen haben.

Er hängte den Mantel auf den Haken. Und sah zur Kaffeemaschine rüber, die auf einem kleinen Aktenschrank stand.

Wie jeden Morgen holte er die Glaskanne aus dem Spind und brachte sie nach nebenan zur Personaltoilette. Er ließ das kalte Wasser eine Weile laufen, bevor er mit der gefüllten Kanne wieder in sein Büro zurückkehrte. Umständlich kramte er das Filterpapier und das Kaffeepulver aus der linken Schublade seines Schreibtischs.

Seine Kaffeemaschine war so alt wie sein Umzug in dieses Büro. Fünfzehn Jahre? Zwanzig Jahre? Bei diesem Modell musste man den Filter noch per Hand einsetzen und mit der sorgfältig abgemessenen Kaffeemenge füllen. Immer vorsichtig, damit ja nur kein Krümmel daneben ging. Dann drückte er auf den roten Knopf. Die Maschine begann leise zu röcheln.

Erst dann setzte er sich und blickte in den ruhigen Innenhof des Rathauskomplexes. Der war noch menschenleer. Er schätzte diese Stille, dieses in sich Hineinhorchen vor dem Büroalltag.

Es war noch früh am Morgen, und die Kolleginnen und Kollegen kamen in der Regel erst später zur Arbeit. Sie hatten Gleitzeit, und er war einer der wenigen Frühaufsteher im Amt. Als langjähriger Standesbeamter machte er seine Termine selbst, konnte sich seinen Arbeitsbeginn aussuchen.

Er liebte diese alltäglichen Bürorituale. Die Bleistifte lagen frisch gespitzt an ihrem Platz, die Topfpflanzen am Fenster hatte er kurz vor Feierabend gegossen. Die zwei Ablagekörbchen auf seinem penibel aufgeräumten Schreibtisch waren noch leer vom Freitagnachmittag.

Heute war Montag.

Er schaute auf die blank polierte Arbeitsplatte und schob die Füße unter den Tisch. Alles hatte seinen Platz, alles hatte seine Ordnung, alles war wie immer. Nur eine klitzekleine Kleinigkeit war anders als sonst. Sein Blick wanderte zu der Papiertüte neben seinem rechten Fuß.

Es gurgelte und brodelte auf dem Aktenschränkchen. Er runzelte die Stirn und blickte zur Kaffeemaschine rüber: »Na altes Haus, musst du schon wieder entkalkt werden?«

Jeden Freitagnachmittag reinigte er gründlich die Kanne, den Wasserbehälter und den Filter, und alle zehn Tage musste das Gerät entkalkt werden. Akribisch klickte er seinen Terminkalender durch. Nein, das Entkalken war erst Ende dieser Woche fällig.

»Du bist noch nicht dran, meine Liebe, du musst noch warten.«

Er beugte sich nach links und zog seinen Kaffeebecher aus der Schublade. Sein Blick blieb auf dem bunten

Motiv hängen: Bayernkönig Ludwig vor Schloss Neuschwanstein, in feinstem Bone-China auf blau-goldenem Barock.

Fräulein Adelgard Irmschmidt aus dem Personalamt hatte ihm den Becher vor vier Wochen zum Sechszigsten geschenkt. Er war ihr ganz persönliches Geburtstags-geschenk gewesen, zusätzlich zum Fresskorb der Verwaltung und dem Blumenstrauß samt Vase von den Kollegen aus dem gleichen Flur. Es war ihm peinlich gewesen. Also nicht der Fresskorb, nicht die Vase und auch nicht die Blumen. Aber der Bayernkönig schon, so vor allen Kolleginnen und Kollegen.

In der Kantine hatte er einmal ganz zufällig erwähnt, dass er seinen letzten Urlaub in der Nähe von Schloss Neuschwanstein verbracht hatte, und dass er von dem Pomp und Prunk ganz hingerissen war.

Fräulein Irmschmidt hatte mit am Tisch gesessen und aufmerksam zugehört. Seine Personalakte kannte sie natürlich auch. Auch, dass seine Frau vor sieben Monaten verstorben war.

Sie kam seit vier Wochen jeden Morgen zu ihm ins Büro, stellte irgendeine belanglose Frage und wartete auf den angebotenen Kaffee. Mit der Zeit hatte sich auch das in seine Rituale eingeschlichen.

Im Computer waren nur drei Trauungen für die ganze Woche vermerkt. Dienstagnachmittag eine und am Freitagvormittag noch zwei weitere. Dazu fünf Beerdi-gungen, die nur eine Aktenpflege erforderten. Also würde eine ruhige Woche und nur langweiliger Papierkram vor ihm liegen. Eine Woche ganz nach seinem Geschmack.

Er schaute nochmal zur Kaffeemaschine, die sich in der Zwischenzeit beruhigt hatte. Ein angenehmer Duft erfüllte das Zimmer, und in der Glaskanne schimmerte die Flüssigkeit appetitlich dunkel.

Er klopfte an das Gerät: »Fünf Jährchen musst du noch durchhalten, altes Haus. So wie ich auch.«

Es graute ihm vor dem Ruhestand, vor der Einsamkeit, ohne Kolleginnen und Kollegen, ohne Hochzeiten, ohne Geburten, ohne die Eintragungen der Verblichenen ins Amtsregister. Was ihm dann blieb, waren nur noch die Beerdigungen aus seinem privaten Umfeld. Und die eigene.

Es klopfte zaghaft an die Tür, und Fräulein Irmschmidt kam mit ihrem Kaffeebecher in der Hand in das Zimmer. »Guten Morgen, Ottobald. Hast du die Brötchen mitgebracht? Du weißt schon«, sie lächelte verschwörerisch, »ich habe es bei unserem allerersten Mal gerade noch so nachhause geschafft. Zum Umziehen, für Brötchenholen war da keine Zeit mehr.«

Ottobald stand mit hochrotem Kopf von seinem Bürostuhl auf und blickte schnell nach rechts und links. »Psst Adelgard, nicht so laut. Es könnte uns jemand hören!«

Adelgard Irmschmidt schaute zur Kaffeemaschine rüber und lachte leise: »Keine Bange, Ottobald, deine langjährige Freundin ist unsere einzige Zeugin. Und die kann schweigen wie ein Grab.«

22. In vino veritas

Ein Tag im November ...

Ich drückte dem Boten zwei Euro in die Hand und schloss behutsam die Tür. Achtzehn Flaschen in den zweiten Stock schleppen, das musste belohnt werden. Im Herbst war ich auf einer Winzerwanderung gewesen und hatte mich in den Ruländer aus der Pfalz verliebt. Da war er nun, der Ruländer. Endlich! Voller Vorfreude riss ich den Karton auf.

Da lagen sie vor mir, sorgsam eingebettet in braunem Wellkarton und weißem Styropor. Achtzehn Flaschen Grauburgunder in schlanker Form, ein erlesenes Etikett in Schwarz mit grau-goldener Beschriftung und einem Korkenzieher aus Rebenholz als Werbegeschenk dabei. Das sah edel aus, wirklich sehr edel.

Ich schaute durch die bodentiefen Fenster in den kalten Novembertag. Der Transporter vom Weingut war mindestens vier Stunden unterwegs gewesen, und das Weinthermometer verriet mir, dass der Wein gerade die richtige Temperatur hatte. Passend für den ersten Schluck.

Mein Blick glitt suchend über die funkelnden Weinkelche in der Glasvitrine. Ich zelebrierte die Auswahl. Meine Finger glitten langsam über die Gläser. Dafür kam eigentlich nur das puristische Zalto-Design infrage. Ich griff zu.

Plopp. Der Korken löste sich erst zögerlich, dann mit einem tiefen Schmatzen vom Flaschenhals. Kurzes Avinieren. Wie der Bogen eines Kirchenfensters schmiegten sich die Tränen des edlen Tropfens an das Trinkglas.

Ich hob den gefüllten Kelch gegen das Licht. Der Wein moussierte leicht grüngelb leuchtend. Funkelnde Lichtreflexe stöberten durch die feinen Perlen.

Ich atmete das fruchtige Aroma tief ein. Erst nochmal anschauen. Und etwas warten, erst dann genießen.

Aaah.

Eine Woche später ...

Werner hatte mir den Karton vor die Wohnungstür gestellt. Zwölf Flaschen von seinem Hauswinzer aus Edenkoben in Rheinland-Pfalz. Wie jedes Jahr, schon seit vier Jahren, brachte er mir seinen vorgezogenen Geburtstagsgruß persönlich vorbei. Werner ist mein Ex, der Ehemann, der erst nach unserer Trennung zu einem guten Freund wurde.

Das Kaminfeuer flackerte leicht. Mahlers Sinfonie Nummer 5 lag im CD-Player. Mein bequemster Sessel wartete am Fenster. Heute war so ein watteweicher Tag, an dem man lieber nicht an vergeigte Ehejahre zurückdenken sollte.

Besser die Gedanken in die Zukunft investieren.

In stiller Vorfreude öffnete ich den Karton und griff nach der ersten Flasche. Auch Wein kann ein guter Freund sein.

Mein Griff zielte in der Vitrine auf das funkelnde böhmische Kristall aus einer kleinen, aber feinen Glasmanufaktur in Franzensbad. Üppig geschliffen, genau das richtige Gefäß für den Dunkelfelder. Der leuchtete tiefrot, beinahe schon schwarz und glitt schwer in das kurz geschwenkte Glas.

Meine Nase senkte sich tief in das bauchige Kristall. Langsam schnüffelte ich die Aromen ein. Welch eine Freude, welch ein Genuss. Dann der erste Schluck.

Ich stand am Fenster und blickte in das emsige Schneetreiben. Die Landschaft verschwamm im nebeligen Nichts.

Das Feuer knisterte leise im Dämmerlicht. Flackernde Kaminwärme, wohlige Wärme von außen.

Die kräftigen Aromen des Dunkelfelder Roten verbreiteten sich samtig weich in meinem Mund. Wohlige Wärme, dieses Mal von innen.

Aaah.

Zwei Wochen später ...

Mein neuer Freund hatte mir zum Geburtstag eine Weinverkostung geschenkt. Bei dem Winzer seines Vertrauens. Und war, wie an allen Wochenenden, Feiertagen und eben auch an Geburtstagen, leider verhindert. Was nicht wundert, denn er ist ja verheiratet. Aber nicht mit mir.

Was hatte er sich nur bei diesem Geschenk gedacht?

Die rustikale Stube in dem Winzerhof war voll besetzt. Es gab nur noch einen einzigen freien Platz. Ich steuerte darauf zu und setzte mich.

»Expressiv, voluminös, fett.« Mein Gegenüber meinte nicht seine angetraute, neben ihm sitzende, füllige Ehegattin. Er sprach über den Roten, den ihm der Winzer großzügig nachgeschenkt hatte.

Er hielt das Glas gegen das Licht und schaute seiner Ehegattin auf den gewaltigen Busen, als er weiterredete: »Meine Sensorik fühlt fleischige, wuchtige Echos an Zunge und Gaumen.«

Wie bitte? Wovon redet dieser Mensch?

Sein Blick krallte sich an den dunkelrot geschminkten Lippen seines Gegenübers fest. An mir.

»Meine Gustatorik schmeckt überreife Kirschen, Brombeeren und Cassis. Im Abgang einen Hauch von Paprika aus den Weiten der ungarischen Puszta.«

Hä? Wie war der denn drauf?

Seine Augen wanderten tiefer. Nur gut, dass ich die geschlossene, sportliche Bluse und eine lockere Samtweste angezogen hatte.

Er zog den Wein zischend durch die Zwischenräume seiner Zahnlücken.

Ekelhaft!

»Schmeichelnd, wie tertiäre Bitterschokolade in barocken Samt gehüllt.«

Wie blöd ist das denn? Spürte ich da sein Knie an meinem?

Er schlürfte und kaute den verspeichelten Wein geräuschvoll hinter seinen wulstigen Lippen.

Igitt! Was für ein Angeber!

»Ich fühle einen retronasalen Touch mit Hitze und Feuer im Abgang.«

Gütiger Himmel, der hatte eine Sprache zum Weinen. Fehlte nur noch, dass er über geröstete Biberrotze, mallorquinische Blutwanzen und sensorische Vulkaneruptionen schwafelte.

Als seine Pranke auf meinem Knie angelangt war, brannte meine Hand wie Flammen aus dem Hades und wie Glut vom Ätna auf seiner Wange. Mein Touch hatte einen gewaltigen Ausbruch, mit Spuren glühender Finger und verkohlte Asche im Abgang.

Aaah.

23. Du ju want tu spiel wiz mi?

Mein Vater war Kleinunternehmer und hatte eine bescheidene Kunstblumenfabrik im Harz. Er war nicht oft zuhause und pendelte zwischen seiner Familie und seinem Arbeitsplatz wochenlang hin und her. Manchmal war er auch zwei oder drei Wochen nicht zuhause.

Wir lebten in einem netten Häuschen im idyllischen Buchschlag, nahe der Rhein-Main Air Base von Frankfurt am Main. Und das auch nur, weil mein Vater gute Geschäfte mit amerikanischen Offizieren machte. Die wohnten mit ihren Familien in den beschlagnahmten Villen der Jugendstilkolonie, und ihre Ehefrauen waren ganz verrückt nach den Kunstblumen meines Vaters.

1953 waren noch immer 165 Villen von den Amerikanern besetzt, 72 Prozent des gesamten Wohnungsbestandes. 1954 wuchs der Protest der Buchschlager gegen die Besatzung, aber erst 1961 konnten die Eigentümer wieder in ihre Villen zurück. Aber immer noch nicht alle.

In meiner Jugend gab es ganze zwölf deutsche Kinder in Buchschlag, in allen Altersklassen. Einen deutschen Kindergarten gab es nicht. Wir wurden zusammen in einen Schulraum gesteckt. Die Kleinen vorne, die Großen hinten. Die ganz Kleinen saßen sich selbst überlassen in einer Ecke und malten. Ich passte gut auf und konnte schon mit vier Jahren ganz gut lesen und schreiben. Nur mit dem Rechnen hatte ich es nicht so. Später auch nicht.

Durch meinen Vater verkehrten wir viel in den Offiziersfamilien. Ihre Kinder gingen in die amerikanische Schule nach Frankfurt. Deutsch sprachen sie nicht, ihre Eltern sowieso nicht.

Der US-Nachwuchs hatte alles im Überfluss: Spielzeug, Hamburger, American Icecream und Chocolate. Ich war nicht auf den Kopf gefallen, und mir war bald klar, dass ich an diese für Deutsche raren Leckereien nur rankam, wenn ich mich mit den Ami-Kindern verständigen konnte. Bereits als Kleinkind sprach ich fliesend … Amerikanisch. Ich wuchs praktisch zweisprachig auf, vermischte Deutsch mit Englisch und vice versa. Bunt gemischt, plapperte ich wie ein Wasserfall.

Meine Deutschlehrerin raufte sich die Haare, als sie mich zum ersten Mal hörte. Meine Englischlehrerin übrigens auch.

24. Schotterwege

Kanada ist für mich der Inbegriff von Weite, wilden Landschaften, von unberührter Natur.

Ich war in der glücklichen Lage, einen Onkel in Vancouver und einen Onkel in Cranbrook, in den Rocky Mountains, zu haben. Beide waren in den Wirren des Zweiten Weltkrieges ausgewandert und hatten ihr Glück im fernen Kanada gefunden.

Mein Onkel Henry war Ingenieur, aber das wurde in Kanada nicht anerkannt. Also sattelte er um, und wurde - Dank seiner kreativen Ehefrau - ein erfolgreicher Unternehmer in der Schmuckbranche.

Sein Bruder Herbert war erst Sechzehn, als sie auswanderten. Herb, wie er sich fortan nannte, war der Bodenständigere und wurde Ranger in den Rockys. Von ihm lernte ich viel über die Flora und Fauna in Kanada. Er überwachte Feuerbrünste und führte ab und zu reiche amerikanische Jäger durch sein Revier. Er achtete akribisch darauf, dass sie nur kranke Tiere und das genehmigte Kontingent an Bergpumas, Bären und Elchen abschossen.

Ein unterschiedlicheres Leben konnte man sich kaum vorstellen.

Ich arbeitete viele Jahre für eine amerikanische Fluggesellschaft und war mit einem großzügigen Kontingent an Freiflügen ausgestattet. Damit war ich in der glücklichen Lage, meine Verwandtschaft in Kanada mehrmals besuchen zu können.

Oft mietete ich mir einen Wagen und fuhr kreuz und quer von Vancouver nach Cranbrook und auch wieder zurück. Die endlosen Landstraßen, die beeindruckenden Bergmassive, die einsamen Indianersiedlungen, die unberührten Nationalparks, die Fähren über verwunschene Seen, das alles war für mich keine Herausforderung. Die überdimensionalen Holzlaster vor mir, die Lawinengefahr über mir und die Bären neben mir allerdings schon. Je nach Jahreszeit wartete so manches Abenteuer auf mich.

Ich wollte schon immer einmal Vancouver Islands besuchen und buchte die Fähre vom Tsawwassen Terminal in Vancouver nach Victoria City um 08.00 Uhr morgens. Für mich Langschläfer war das eine unchristliche Zeit, aber ich wollte etwas von der Insel sehen, und die letzte Fähre fuhr schon um 21.00 Uhr wieder zurück nach Vancouver.

»Don't use gravel roads, you're not insured.«, informierte mich die junge Dame von der Autovermietung, Ich hätte keinen Versicherungsschutz, falls ich auf Schotterstraßen fahren würde, legte sie mir ans Herz. Ich versprach, dass ich auf den asphaltierten Straßen bleiben würde. Diese Zusage kam mir leicht über die Lippen, aber da kannte ich die Straßen auf der Insel noch nicht.

Ich verlor fast eine Stunde durch Victoria City, obwohl ich mir die berühmten Butchart Gardens und den Beacon Hill Park mit dem größten freistehenden Totempfahl der Welt verkniffen hatte.

Es trieb mich zu meinem Ziel. Ich wollte zum Pacific-Rim-Nationalpark. Dieses naturbelassene, fast menschenleere Stückchen Natur liegt an der Westküste von

Vancouver Islands. Ein Fetzen Land, der den 14 First-Nation-Stämmen, so werden die Indianer in Kanada genannt, ein Stückchen Mitbestimmung in ihrem eigenen Land umzusetzen erlaubt. Die Insel ist nur 130 Kilometer lang und insgesamt nur 511 Quadratkilometer groß. Über den Highway Nummer 4 war das ein Klacks, und auf der Karte ganz ohne gravel roads zu befahren.

Obwohl jährlich über eine Million Besucher den Park durchstreifen, verlor ich mich in der menschenleeren Weite der Natur. Riesenahorn, Riesenlebensbäume und an die 100 Meter hohe Sitka-Fichten umschlangen mich in weiten Moosflächen und rauschenden Wasserfällen. Ich war mitten in einem verwunschenen Regenwald, in dem ich mich fast verirrte. Wie klein war ich doch neben den Zeitzeugen dieser unendlichen Natur.

Dann erreichte ich den Pazifik. Endlich lag der berühmte Wanderweg am Meer vor mir. Sorgfältig stellte ich das Auto in Strandnähe ab und lief durch den warmen Sand. Ich sah keine Wale, und ich sah auch keine Orcas, obwohl sie der angesagte Touristenanziehungspunkt dieser Insel sind. Eine glibberige Riesenanemone, ein verirrter Seestern und viele unterschiedliche Muschel-schalen fielen mir auf dem kilometerlangen Sandstrand buchstäblich vor die Füße.

Singend und summend lief ich vergnügt durch das Wasser und sammelte die schönsten Exemplare und einige skurril gemusterte Steine. Aus der Hosentasche zog ich eine von den zwei großen Mülltüten, die ich vorsorglich eingesteckt hatte, und füllte sie mit meinen Schätzen. In einer kleinen Bucht häufte sich ein Berg mit glattgespültem Driftwood und buntem Ozeanmüll. Einige der angespülten Holzstücke schmiegten sich wie kleine Skulpturen in meine Hände. Verstreut lagen handgroße Steine rum, wie hingekleckert.

Ich betrachtete mir diese Steine etwas genauer. Und schnappte nach Luft. Von wegen Steine! Es waren große, frisch angespülte Austern.

Das Driftwood musste auf einen anderen Sammler warten. Schweren Herzens schmiss ich die sperrigen Stücke aus meiner Mülltüte wieder weg.

Die Müllsäcke waren schnell mit Austern gefüllt und ließen sich gut durch den Sand ziehen. Das Auto war nur wenige Minuten vom Strand geparkt, und ein Blick auf die Uhr verriet, dass ich die 18.00 Uhr Fähre noch gut erreichen würde, wenn, ja wenn ich wie ein Henker fahren würde. Mit einer Abkürzung über gravel roads.

Weiß doch jedes Kind, Austern müssen frisch gegessen werden!

Mein Onkel Henry hatte die Nachbarschaft zum Austerngrillen zusammengetrommelt. Die Gartentische bogen sich unter den mitgebrachten Salaten und Desserts. Und der Weißwein, in Flaschen mit französischen Etiketten, floss in Strömen. Ein Nachbar hatte eine kleine, aber feine Musikanlage mitgebracht, und der gepflegte Rasen meiner Verwandtschaft verwandelte sich in eine zertrampelte Tanzfläche.

Ich lernte die Schalen der Austern zu öffnen. Keine leichte Angelegenheit für einen Anfänger wie mich. Aber nach der Zwanzigsten hatte ich den Dreh raus. Ich hatte so viele gesammelt, dass wir sie roh als Vorspeise und gegrillt als Hauptgericht verzehren konnten. Mein Onkel, meine Tante, die Nachbarn und ich.

Wir griffen zu.

Nach der sechsten rohen Auster fand ich beim Öffnen ein Stückchen Perlmutt in der Schale. Ein Irrtum der Natur. Bizarr geformt, fast schon zu einer Perle gewachsen. Aber leider nur fast.

Ich hätte sie am Strand zurücklassen, nicht mitnehmen sollen. Ich hätte sie dem Meer zurückgeben sollen. Ich hätte, hätte, hätte …

Zu spät. Ihre Perle würde keinen Verlobungsring mehr zieren, und auch keine Kette mehr.

25. Eine neue Sprache

Letzten Erhebungen zufolge wurden zwischen 6.500 und 7.000 Sprachen auf dieser Welt gezählt. Dialekte nicht mit eingeschlossen.

Kürzlich habe ich eine für mich neue Sprache kennengelernt.

Vorab sollte ich vielleicht noch erwähnen, dass ich keine Kinder habe. Infolgedessen auch keine Enkelkinder. Auch sonst ist nichts unter Sechzehn in meinem Bekanntenkreis zu finden.

Aber es gibt sie, die unter Sechzehnjährigen. Mit einer, ihrer ganz eigenen Sprache.

Zum vierzehnten Mal hat der Langenscheidt-Verlag das Jugendwort des Jahres gekürt. Die Auswahl der möglichen Begriffe wird vorgegeben: Aus 30 Worten und Redewendungen können Jugendliche online ihren Favoriten auswählen. Zehn Begriffe kommen in die engere Auswahl. Damit hat, wie immer, eine Jury aus Jugendlichen und Erwachsenen, die beruflich viel mit Jugendsprache zu tun haben, das letzte Wort.

Manchmal schnappe ich einen Begriff auf, der so ähnlich wie Englisch klingt, und dann bin ich ganz stolz und meine, etwas verstanden zu haben.

Aber weit gefehlt. Das klingt nur so, hat aber Null und Nichts mit Schulenglisch oder einem Fortbildungskurs in Wirtschaftsenglisch zu tun.

Hier eine kleine Kostprobe:

AF = as fuck	ist etwas Besonderes. Ein Beispiel: Die neue Serie ist sick as fuck!
Bae	bester Freund
Beef	Ärger
BFF	Beste Freunde für immer
Cringe	peinlich
Exting	mit jemanden via Text-Nachrichten Schluss machen.
Lost	ahnungslos
Napflixen	während eines Films ein Nickerchen machen
Screenitus	ein Gefühl, wenn man zu lange auf den Bildschirm gestarrt hat
Sheesh	Wirklich? Echt jetzt? Nicht dein Ernst?!
Sus	verdächtig
Verbuggt	voller Fehler, falsch gestrickt. Du nervst!
Wyld	heftig

Und so weiter und so fort.

In der Volkshochschule hat mich die Dame an der Rezeption ganz irritiert angeschaut, als ich nach einem
Sprachkurs in der Jugendsprache angefragt habe.

Verständlich, oder? Man will doch wenigstens mitreden
können.

26. Schüleraustausch 1

Mein erster Auslandsaufenthalt war eine Reise nach England. London im Schüleraustausch. Ich hatte gerade meinen vierzehnten Geburtstag gefeiert und fand London hipp. Meine Freundinnen auch, und sie beneideten mich um diese Reise.

Als meine Gastfamilie mich am Victoria Station abholte, fuhren wir lange nach Westen, durch ewig graue Vorstädte, bis wir endlich in Maidenhead ankamen. Unserem Ziel.

Von wegen London! Das Städtchen liegt ungefähr 45 km westlich von London City, im beschaulichen Berkshire County. Ein Städtchen mit rund 70.000 Einwohnern. Das Haus meiner Gastfamilie lag etwas außerhalb an der Themse. Hübsch, aber eben nicht im pulsierenden London.

Eileen war im gleichen Alter wie ich, hatte einen jüngeren Bruder und eine noch jüngere Schwester, die noch in den Kindergarten ging. Der Vater war Ingenieur und fast nie zuhause. Die Mutter wuppte den Haushalt mit den Kindern, und ein älterer Golden Retriever war der unbestrittene Star in der Familie.

Am ersten Abend war die ganze Familie versammelt, und ich beäugte misstrauisch die Vorlegeplatte, auf der eine dampfende Pastete, hübsch dekoriert, auf den Anschnitt wartete.

Als der erste Schnitt die goldgelbe Kruste durchbrach, roch es plötzlich seltsam.

«Kidney pie, love. Die Spezialität meiner Frau. Magst du Nierenpastete?«, fragte der Hausherr.

Ich hatte noch nie Nierenpastete gegessen, aber anhand des Geruchs war ich sicher, dass ich die Pastete nicht mögen würde.

So war es auch.

Ich aß wenig, fast nichts und entschuldigte meinen Mangel an Appetit durch meine lange, anstrengende Reise.

Der Hausherr verzog sich in sein Arbeitszimmer, die kleine Schwester und der jüngere Bruder in ihre Zimmer, und die Hausfrau verschwand in der Küche. Sie meinte, dass wir beiden Mädels uns im Salon erst mal beschnuppern sollten.

Eileen musste aufs Klo, und ich setzte mich vor den Kamin. Blondel, der Golden Retriever, gähnte und legte sich zu meinen Füßen.

Mein Magen knurrte. Auf dem Couchtisch stand eine Schale mit appetitlich aussehenden Keksen.

Ich schaute mich verstohlen um. Außer Blondel war niemand im Zimmer. Ich griff hastig zu den Keksen und stopfte mir schnell drei Stück in den Mund. Blondel verfolgte jede meiner Bewegungen aufmerksam mit ihren dunklen Hundeaugen.

Die Hausherrin rief durch die offenstehende Küchentür: »Kannst du Blondel bitte eins von ihren Hundekeksen geben, love? Sie stehen vor dir auf dem Couchtisch.«

Blondel stand auf und wedelte mit dem Schwanz.

27. Schüleraustausch 2

Etienne war 15, in wenigen Monaten 16 Jahre alt. So wie ich. Dieses Jahr kam sie mich besuchen, nächstes Jahr sollte ich zu ihr nach Paris fahren. Als Schüleraustausch. Das war nicht meine Idee gewesen. Ganz bestimmt nicht. Meine Französischlehrerin machte diesen Vorschlag, und meine Eltern waren in Hinblick auf mögliche Verbesserungen meiner Französischnoten restlos begeistert.

Jetzt war sie da, diese Französin aus Paris. Ätzend.

Ich sollte mein Zimmer mit ihr teilen, sollte im gleichen Zimmer mit diesem Püppchen schlafen. Das bedeutete im Schrank Platz für ihre Markenfähnchen machen und jeden Tag Aufräumen. Außerdem würden wir eine ganze Woche gemeinsam den Schulunterricht besuchen; sie würde also ganze sechs Tage neben mir in meiner Klasse sitzen. Und danach sollten wir noch eine Woche gemeinsame Ferien verbringen. Angeblich, um Mademoiselle das Leben in einer deutschen Familie näher zu bringen. Ich war sauer!

Das Haus war bis in alle Ecken geputzt. Mein Vater musste extra nochmal den Rasen mähen. Das war eine Anordnung meiner Mutter. Und die wollte Sachen kochen, die wir unter normalen Umständen niemals auf den Tisch bekämen.

Ich wurde angewiesen, die Französin nach dem Unterricht zu bespaßen, mit ihr rumzuhängen. Von wegen Völkerverständigung und so. Ich sei für ihre deutsche Sprachentwicklung zuständig, so die Aussage meiner

Erziehungsberechtigten. Damit hatte ich diese affektierte Großstadtpflanze rund um die Uhr an der Backe.

Ihr Deutsch war grottenschlecht. So wie mein Französisch.

»Du ʼaste eine Freund?« Ich guckte schräg. Warum wollte diese Zicke das wissen, und was ging das die überhaupt an?

„»Klaro«, ich log, »und du?«

»Mais oui, seine Name ist Pierre. Wir sind seit eine Jahr eine Paar.«

»Seit einem Jahr.«

»Wie? Du auch schon seit eine Jahr?«

»Nein, du Opfer. Das heißt „seit einem Jahr", du Vollpfosten.«

»Excuse-moi, aber warum isch bin Opfer von volle Pfosten?«

Das war mir zu blöd. Einfach zu blöd. Ich würde sie nicht in die Feinheiten meiner Muttersprache einweihen. Sollte sie doch sehen, wie sie klarkam.

»Und, ʼaste du eine Freund oder nischt?«, sie ließ nicht locker.

Ich zuckte mit den Schultern. »Ja doch, safe. Weißt du was? Du gehst mir mit deiner blöden Fragerei granatenmäßig auf den Keks. Halt einfach die Luft an, du durchgeknallter Lauch.«

Sie schaute mich stirnrunzelnd an: «Was ist das mit die Keks? Und warum soll isch ʼalte die Luft an? Dann isch musse sterbe. Du willst, dass ich sterbe?«

»Oh Mann, du nervst.«

»Was? Isch bin nix Mann, isch bin Mademoiselle. Willst du mir beleidige?"

»Mich beleidigen!«

Sie funkelte mich empört an. »No, no, no, isch disch nix beleidige. Du misch beleidige, isch bin emanzipierte Fräulein aus Paris und nix Mann!«

»Du bist einfach nur durchgeknallt. Bleib cremig. Willst du beef?«

Es klopfte, und meine Mutter steckte den Kopf durch die Türöffnung.

»Na Kinder, alles in Ordnung bei euch? Kommt ihr klar? Amüsiert ihr euch gut?«

»BFF, geht klar, Mama. Wir verstehn uns prima, und Etienne ist echt toll.«

»Oui, Madame, alles Geldschrank. Isch bin cremige Lauch voller Pfosten und spaziere auf die Keks von Ihre Tochter.«

Der Blick meiner Mutter wanderte anklagend zu mir: »Was soll das? Schämst du dich nicht, Etienne so einen Unsinn beizubringen?«

28. Kein Netz

Pfüüiihs, knarz, knarz, knatter, knatter.

»Achtung, Achtung, der ICN 155 aus Basel hat 40 Minuten Verspätung. Bitte treten Sie vom Bahnsteig zurück, der DE 1008, planmäßige Ankunft 14.10 Uhr aus Darmstadt, fährt in wenigen Minuten auf Gleis 13 ein. Der DE 1009 nach Frankfurt, planmäßige Abfahrt 14.45 Uhr, fährt pünktlich auf Gleis 13 ab.«

Pfüüiihs, knarz, knarz, knatter, knatter.

«Achtung, Achtung, letzte Durchsage: Der ICE 701, planmäßige Abfahrt 14.20 Uhr nach Berlin, musste wegen eines technischen Problems verlegt werden. Bitte begeben Sie sich zu Gleis 29, der Zug fährt in 10 Minuten auf Gleis 29 ab.«

Zwei Handwerker in weißen Overalls stieren stumpf auf die Gleise. Der eine hebt den Kopf und fragt seinen Nachbarn: »Haste des gehörd? Was hat der gesacht? War des unser Zuch?«

Sein Kumpel meint: »Naa, unser Zuch is pünktlisch un kimmt glasch."

Die junge Frau mit einem Koffer auf Rädern spricht so laut, als ob sie die fehlenden Kilometer mit ihrer Stimme überbrücken müsse: »Hallo Inge, bist du das? Inge, ich bin's! Inge, hörst du mich?«

Nein, Inge hört sie nicht.

Der junge Mann im weißen Overall schubst seinen Kumpel an: »Haste geherd, mir habbe kaa Netz.«

Jetzt tippelt auch der andere auf seinem Handy rum. »Mensch Walter, in escht, da geht nix. Gans un garnix. Tode Hos, kaa Netz.«

Er rennt ein paar Schritte weiter und versucht es erneut. Rennt noch mal, in die andere Richtung. Wieder nichts, kein Netz.

Ein Kind quengelt an der Hand der Mutter: »Mami, Mami, ich hab Durst. Mami, ist es noch weit? Sind wir bald da?«

Die Mutter ist offensichtlich am Ende ihrer Kräfte: »Sei still Kind, ich muss telefonieren.«

»Hans? Hallo Hans, so melde dich doch!«

Kein Netz. Sie stopft das Handy in die Jackentasche und zerrt das Kind zum Bahngleiskopf, wo an einem Saftwagen Getränke verkauft werden.

Eine ältere Dame zupft am Ärmel des Malers im Overall: »Entschuldigen Sie bitte, junger Mann, haben Sie das verstanden, was da eben durchgesagt wurde?«

Der junge Mann guckt auf die kleine, alte Dame runter: »Die habbe gesacht, dass der Zuch aus Dammstadt glasch einfahre dud.«

«Sonst nichts? Sonst hat der nichts gesagt?"

»Doch, doch, der Zuch nach Berlin fährt in zehn Minudde.«

»Oh, das ist meiner. Vielen Dank auch, Danke schön.« Sie dreht sich um und wartet auf dem Gleis.

Das Kind quengelt wieder: »Mami, ich hab Hunger. Mami, ist es noch weit? Sind wir bald da?«

Die Mutter regt sich auf: »Hättest du das nicht früher sagen können? Jetzt ist der Saftmann mit den Brezeln weg.«

Das Kind fängt an zu greinen. Die Mutter ist noch mehr genervt.

Die ältere Dame wird langsam nervös. Die zehn Minuten sind schon lange rum. Sie sieht einen uniformierten Bahnhofsmenschen mit rotem Käppi und spricht ihn an: »Herr Schaffner, ich muss nach Berlin. Mit dem ICE 701. Ist der verspätet?«

«Gute Frau, der ist heute von Gleis 29 abgefahren. Das wurde doch durchgesagt. Haben Sie das nicht gehört? Jetzt ist der Zug weg.«

Die ältere Dame sagt zu dem Bahnhofsmenschen ein paar unfeine Worte, die sich für eine Dame nicht gehören.

Schon gar nicht für eine ältere Dame.

29. Himmelsfinger

Je länger ich in den blauen Himmel schaue, desto mehr verliere ich mich in meinem Inneren. Wieso habe ich an diesem strahlend blauen Sommertag plötzlich so dunkle Gedanken? Dieses himmlische Blau leuchtet doch so unschuldig, und die kreuz und quer huschenden Kondensstreifen erinnern trefflich an in Sahne getauchte Finger.

Oder sind das etwa Drohfinger?

Wenn ich von der gleißenden Helligkeit auf den Sand schaue, kommen mir plötzlich solche Gedanken wie „was wäre gewesen, wenn…?".

Für diese Gedanken ist man wahrscheinlich nie zu jung und auch nie zu alt. Aber so ist das mit solchen Fragen, die passenden Antworten bekommt man selten. Und wenn, dann meist nie zum richtigen Zeitpunkt, und schon gar nicht am richtigen Ort.

Da liege ich an diesem sonnigen Strand und ruckele so lange rum, bis diese störenden Steinchen einer bequemen Mulde gewichen sind. Wieder schaue ich in diesen blauen Himmel, jetzt gänzlich frei von hemmenden Druckstellen. Dafür mit ein paar blauen Flecken auf meiner Seele.

Habe ich mir - wie bei den störenden Steinchen - den bequemeren Weg im Leben gesucht?

Was wäre gewesen, wenn …?

Was wäre gewesen, wenn … ich nach meinem Sprachstudium in Frankreich geblieben wäre? Wäre ich eine waschechte Französin geworden? Oder tief in meinem Inneren doch Deutsche geblieben? Paris hatte mir gefallen. Da wäre ich gerne geblieben. Diese Stadt hatte mich verschlungen, mit Haut und Haaren. Ich liebte die flanierenden Französinnen in ihrer unnachahmlichen Eleganz, die imposante Architektur in den Prachtalleen, die kleinen Bistros mit ihren kulinarischen Verführungen. Ich liebte diese melodische Sprache, die mir so mühelos über die Lippen kam. Ich versank in den Lautmalereien von Fontaine, Diderot und Zola. Tauchte ein, in die Klänge von Bizet, Debussy und Ravel. Und badete in den Farben von Monet, Renoir und Buffet. Aber ich wurde in mein Elternhaus zurückgerufen und bin jetzt - eine frankophile Deutsche.

Was wäre gewesen, wenn …?

Was wäre gewesen, wenn … ich einen anderen Beruf gewählt hätte? Wäre ich da zufriedener gewesen? Ich hatte mich in meinem Berufsleben so richtig ausprobiert: erst im pharmazeutischen Bereich, danach bei einer amerikanischen Fluggesellschaft, dann in der Männerdomäne der Luft- und Raumfahrttechnik. Meine Berufserfahrung hätte im Normalfall für drei aufregende Leben gereicht, doch ich wurde zu einem anderen Weg genötigt. Ein Mann trat in mein Leben, der mir als freischaffender Künstler die Verantwortung einer gesicherten Existenz abverlangte. Ich wechselte in den Öffentlichen Dienst.

Was wäre gewesen, wenn …?

Was wäre gewesen, wenn ... ich nicht geheiratet hätte? Wäre mein Leben einsamer geworden? Ich kann wirklich nicht behaupten, dass ich auf den Erstbesten reingefallen bin. Aber dieser blaue Himmel am Strand verführt mich doch tatsächlich, eine Strichliste in den Sand zu malen. Vielmehr solche Strichpäckcken: vier Striche nebeneinander, dazu einen Querstrich von links unten nach rechts oben. Ich komme auf einige Strichpäckchen. Nachdenklich betrachte ich die Himmelsfinger im klaren Blau. Waren das etwa erhobene Zeigefinger? Egal. Aber eins weiß ich inzwischen: ein Strich davon war zu viel - den hatte ich geheiratet. Und auch wieder freigegeben.

Ein Schatten fällt über meinen Körper. Er ist angenehm kühl. Eine Hand streckt mir ein Eis entgegen. Verführerisch erfrischend und lecker. Nicht nur das Eis.

Was wäre, wenn ...?

30. Luftpost von 1953 bis 1955

München, den 3. August 1953

Liebe Mama,

der Umzug nach München war anstrengend gewesen. Die neue Stelle ist es auch.

Ich habe mich vorerst in einem Zimmer bei einer Dame eingemietet, die mitten in der Stadt ein Haus mit 12 Zimmern hat. Zehn davon sind an Studenten oder Wohnungssuchende wie mich vermietet.

Den Tipp habe ich von einer Arbeitskollegin bekommen, die es ebenso gemacht hat, als sie neu in der Firma war. Sie meinte, so könne ich mir in Ruhe eine Gegend aussuchen, die mir gefällt, und die ich auch bezahlen kann.

Meine Güte, ist dieses München teuer. Da kommt selbst unser Frankfurt nicht mit.

Hohe Mieten, überteuerte Preise. Bummeln gehen kann man vergessen!

Ich teile mir den ersten Stock mit einer Studentin und einem jungen Mann, der im Stadtbüro unserer neuen deutschen Fluglinie arbeitet. Stell Dir vor, er hat Schlitzaugen. Ganz unterm Dach wohnt eine schwarze Frau, die nachts arbeitet. Keine Ahnung was. Die restlichen Mieter habe ich noch nicht gesehen.

Ach Mama, diese Stadt ist so hektisch und verstehen tue ich auch nur die Hälfte von dem, was die Leute hier sagen. In der Firma reden sie wenigstens einigermaßen verständlich, nur die Kundschaft am Telefon kann ich oft nicht verstehen.

Ganz ehrlich Mama, wenn ich gewusst hätte, wie teuer diese Stadt ist, dann hätte ich mir das mit der neuen Stelle vielleicht überlegt. Hinterher ist man immer schlauer.

Ich vermisse Dich, Mama.

Deine Tochter

München, den 11. Oktober 1953

Liebe Mama,

jetzt bin ich schon über zwei Monate in dieser Riesenstadt und habe mich etwas eingelebt.

Seit 3 Wochen teile ich mir eine kleine Wohnung mit der Arbeitskollegin, die mir damals den Tipp mit dem Zimmer gab. Wir haben über einem Kindergarten eine 2-Zimmerwohnung gefunden, die recht günstig ist, aber tagsüber sehr laut. Wenn man arbeitet, stört das nicht sehr.

Aber dann haben sich die Dinge überschlagen. Ich bin krank geworden. Der Lärm vom Kindergarten und von der Straße haben nicht geholfen, um wieder schnell gesund zu werden.

Ich hatte eine schwere Erkältung und musste über eine Woche im Bett liegen. Mit Schüttelfrost und hohem Fieber. Das war übel. Zum einen wegen des Lärms, zum anderen hat mich mein neuer Arbeitgeber in der Probezeit gekündigt.

Irmi, meine ehemalige Arbeitskollegin und Mitbewohnerin, zahlt zurzeit die ganze Miete, aber lange kann sie das auch nicht mehr tun.

Ich muss mir dringend eine neue Arbeit suchen. Das ist gar nicht so einfach, wenn man ungelernt ist und die Stadt nicht kennt. Ich suche, bislang vergeblich.

Aber morgen treffe ich einen Mann in einem eleganten Hotel zu einem Vorstellungsgespräch. Es hat sich sehr gut angehört, was er mir da angeboten hat. Ich wundere mich nur, dass wir das Vorstellungsgespräch in einem Hotel haben. Irmi meint aber, das wäre in München normal.

Ach Mama, ich vermisse Dich.

Deine Tochter

München, den 5. März 1954

Liebe Mama,

bitte entschuldige, dass ich erst so spät schreibe. Es ist so viel passiert in den letzten Monaten, dass mir die Zeit einfach durch die Hände rinnt.

Erinnerst Du Dich noch an das Vorstellungsgespräch, das ich im Oktober in diesem Hotel hatte? Das war der absolute Glücksfall für mich und vieles hat sich in meinem Leben verändert.

Nur zum Besten, liebe Mama. Doch der Reihe nach:

Igor hat mich verändert. So heißt der Mann, den ich damals getroffen habe. Igor ist Geschäftsmann und meint, dass ich große Ressourcen in mir trage. Er hat, wie er sagt, mein Potential entdeckt und mich auf eine Mannequinschule geschickt, in der ich viel lerne. Bildung, gehobene

Ausdrucksweise, gutes Benehmen, Stilberatung und vieles mehr.

Du würdest mich nicht wiedererkennen.

Igor verwöhnt mich. Er hat mir eine neue Wohnung besorgt, direkt am Viktualienmarkt. Das ist eine richtig schöne Gegend, und die Zweizimmerwohnung liegt in einem größeren Apartmenthaus. Igor hat sie sehr teuer eingerichtet, er meint, dass ich repräsentieren müsse. Außerdem hat er mich komplett neu eingekleidet. Diese eleganten Kleider solltest Du sehen, Mama, ein Traum. Sogar die Unterwäsche ist ein Traum.

Igor will mich in die feine Welt seiner Geschäftspartner einführen. Import, Export. Ich lerne jetzt auch Englisch. Ich wollte, Du könntest mich sehen, Du wärst sehr stolz auf mich.

Ich vermisse Dich sehr, Mama.

Deine Tochter

München, den 1. Juni 1954

Liebe Mama,

ich stehe kurz vor der Mannequinschule-Abschlussprüfung und Igor meint, dass ich ein Naturtalent sei. Mein Lehrkörper ist ebenfalls sehr zufrieden mit meinen Fortschritten und stellt mir einen guten Abschluss in Aussicht. Ich bin sehr dankbar, denn ich habe in dieser Zeit sehr viel gelernt.

Kürzlich war ich mit Igor auf einem Geschäftsessen und die Herren haben ausschließlich Englisch gesprochen. Es war sehr lustig, aber ein paar Sachen habe ich dann doch nicht so ganz verstanden. Igor meint, dass ich da noch hineinwachsen würde.

Gestern war ich beim teuersten Friseur in der Stadt. Er hat mir das Haar Hennarot eingefärbt, das sieht zu meinen grünen Augen sensationell aus. Das hat der

Figaro-Meister selbst gesagt. Auch der Schnitt stimmt. Ich brauche meine Haare nach dem Waschen nur noch kurz schütteln, und die Naturlocken kringeln sich von ganz alleine. Weißt Du noch, wie das immer geziept hat, wenn Du mir mit dem Kamm durch die Haare gefahren bist? Ich habe es gehasst. Heute bin ich über die lockige Haarmähne froh.

Igor hat mir für einen guten Abschluss ein rotes Sportcoupé versprochen. Ich müsse für meine zukünftigen Aufgaben mobil sein. Jetzt büffele ich auch noch für den Führerschein. Mit der Mannequinschule und dem Englischunterricht ist die zusätzliche Fahrprüfung fast zu viel. Ich muss ganz furchtbar viel lernen.

Ich denke viel an Dich Mama, und ich vermisse Dich.

Deine Tochter

München, den 1. Januar 1955

Liebe Mama,

ich habe eine furchtbare Zeit hinter mir. Nachdem ich die Prüfung in der Mannequinschule mit Auszeichnung abgeschlossen und auch die Fahrprüfung bestanden hatte, zeigte Igor sein wahres Gesicht. Er forderte, dass ich die Kosten für die Schulen an ihn zurückzahlen muss.

Wie denn? Ich wusste nicht wie. Aber er hatte schon einen Plan. Ich musste es ihm „in natura" zurückzahlen. So hat er es genannt. Ich habe über ein Jahr seine Geschäftsfreunde „unterhalten". Wobei das ein unzureichender Ausdruck für das ist, was ich tun musste. Du kannst es Dir sicherlich denken. Es waren manchmal drei, vier Männer am Tag. Kultivierte Männer, grobe Männer, ekelerregende Männer, auch solche mit ausgefallenen Wünschen.

Jetzt ist es vorbei. Ich habe Glück gehabt. Igor wurde abgeholt. Er muss für fünf Jahre wegen illegaler Geschäfte ins Gefängnis, und danach wird er des Landes verwiesen.

Ich habe mich wieder bei meiner alten Firma in Frankfurt beworben, und sie haben mir meine alte Stelle angeboten. Sie haben mir sogar ein Zimmer besorgt.

Ich werde Dir nicht mehr schreiben, Mama. In Frankfurt werde ich Dich regelmäßig besuchen können, denn mein neues Zimmer liegt nur wenige Schritte vom Hauptfriedhof entfernt.

Du bist jetzt schon 18 Monate tot. Die Briefe, die ich Dir geschrieben habe, habe ich nie an Dich abgeschickt. Wohin auch? Aber sie haben mir geholfen, meine Trauer um Dich zu bewältigen. Dafür danke ich Dir.

Ich vermisse Dich sehr, Mama.

Deine Tochter

30. E-Mails von 2019 bis 2021

München, 3. August 2019

Hi Mom,

Der Umzug nach München war easy. Die neue Firma hat alles geregelt. Auch das mit der Wohnungssuche. Ich wohne jetzt in einem schicken Appartementhaus. Zwei Zimmer, Küche, Bad, große Dachterrasse. Im Erdgeschoss gibt es eine Empfangshalle mit eigenem Concierge. Und natürlich ein Parkhaus. Dort habe ich mein Cabrio abgestellt. Das brauche ich vorerst nicht. Die Firma hat mir ein Monatsticket zur Verfügung gestellt, mit dem ich alle öffentlichen Verkehrsmittel gratis nutzen kann. Der Verkehr in München ist absolut höllisch.

München ist teuer. Da kommt selbst unser Frankfurt nicht mit. Astronomische Mieten, überteuerte Preise. Macht nichts, fürs Shoppen habe ich sowieso keine Zeit. Mom, diese Stadt ist einfach hipp. Angesagte Bars und Discos, tolle Kinos, elegante Theater. Schöne Parks, edle Restaurants, und immer was los.

Ich arbeite oft an den Wochenenden. Die Firma hat dafür gesorgt, dass wir ein firmeninternes Gym haben, wo wir jederzeit Sport treiben können. Es gibt sogar ein Schwimmbad unterm Dach.

Mom, ich muss jetzt dringend telefonieren und melde mich wieder,

Deine Tochter

München, 11. Oktober 2019

Hi Mom,

jetzt bin ich schon über zwei Monate in dieser Riesenstadt und habe mich gut eingelebt.

Mein neuer Chef ist ausgesprochen nett und öffnet mir alle Türen, um berufliche Kontakte zu knüpfen.

Seit 4 Wochen habe ich ein eigenes Büro. Mein Chef hat mir ein großzügiges Firmenbudget zur Verfügung gestellt, und mich bei der Einrichtung beraten. Er hat einen exzellenten Geschmack und meint, dass ich die Firma durch meine Büroräume repräsentieren müsse.

Ich hatte eine schwere Erkältung und bin trotzdem ins Büro gegangen. Die war wirklich übel, aber Claudius hat mich bei seinem Arzt angemeldet und sich sehr um mich gekümmert.

Ach so, ja. Claudius ist mein Chef.

Seit ein paar Tagen verbringen wir die Abende oft gemeinsam bei Arbeitsessen. Natürlich sprechen wir nicht immer nur über die Arbeit. Aber Claudius ist ein workaholic und kümmert sich sehr um meine Karriere. Er ist verheiratet und seine Frau sitzt in mehreren Wohltätigkeitsorganisationen im Vorstand und hat viel zu tun. So wie er. Er meint, dass er in dieser Ehe nicht sehr glücklich ist.

Da kommt eine Mail, ich melde mich wieder. Take care, Mom,

Deine Tochter

München, 5. März 2020

Hi Mom,

bitte entschuldige, dass ich erst so spät schreibe. Es ist so viel passiert in den letzten Monaten.

Meine Welt dreht sich nur noch um die Firma und Claudius. Ich habe jetzt die Leitung meiner Abteilung übernommen und muss ziemlich viel verreisen. Vorerst nur in Deutschland, aber Claudius meint, dass ich mehr und mehr in das italienische Kundengeschäft einsteigen soll. Unter anderem auch wegen meiner ausgezeichneten Italienischkenntnisse.

Kürzlich waren wir zusammen in Rom. Beruflich natürlich. Aber es blieb auch Zeit, diese atemberaubende Stadt kennenzulernen.

Claudius verwöhnt mich sehr. Natürlich darf seine Frau nichts von unserem Verhältnis wissen. Sie ist eine bekannte Persönlichkeit in München und durch sie hat Claudius viele gute Geschäftsverbindungen. Die dürfen keinesfalls gefährdet werden.

Ab und zu fahren wir gemeinsam in die Berge, wo er ein Chalet für uns beide gekauft hat. Wir können ja unsere Termine so legen, dass wir sie auch privat nutzen können. Das ist praktisch und für uns beide sehr angenehm.

Es klingelt an der Tür. Das wird Claudius sein.

Bis bald, Mom,

Deine Tochter

München, 1. Juni 2020

Hi Mom,,

ich habe so unendlich viel zu tun. Ich habe den italienischen Kundenkreis übernommen und möchte ihn weiter ausbauen. Das heißt, dass ich für einige Wochen nach Italien muss.

Die Geschäfte laufen dort prima. Vielleicht werde ich sogar ganz nach Italien umziehen. Claudius ist darüber untröstlich, aber letztendlich habe ich ihm meinen Erfolg zu verdanken. Er hat mich da quasi reingepusht.

Claudius Worte im Ohr, ich müsse die Firma repräsentieren, bin ich gestern in München in den teuersten Geschäften shoppen gegangen und habe mich für die italienische Geschäftswelt neu eingekleidet. Claudius hat gelacht. Er meint, dass ich das bereuen werde, denn die italienische Mode sei unübertroffen. Er empfiehlt mir in Rom einen neuen Koffer zu kaufen und ihn mit den italienischen Modemarken zu füllen. Falls ich zurückkommen würde.

Claudius ist untröstlich und hat meinen Umzug nach Italien schon fest im Blick.

Stell Dir vor, Deine Tochter in Rom! Du wirst es nicht glauben Mom, aber ich freue mich darauf und finde es toll.

Ciao, cara mamma mia,

Deine Tochter

München, 1. Januar 2021

Liebe Mama,

ich habe eine furchtbare Zeit hinter mir. Nachdem ich aus Italien zurückgekommen war, hat mich diese schreckliche Krankheit erwischt. Ich habe mir diesen Virus in Rom eingehandelt, keine Ahnung von wem.

Ende Juli ging es mir so schlecht, dass Claudius mich ins Krankenhaus bringen musste, wo sie mich in ein künstliches Koma versetzten. Es war furchtbar. Künstliche Beatmung, künstliche Ernährung, das volle Programm. Ich bin erst nach Weihnachten wieder aus dem Krankenhaus gekommen.

Es geht mir immer noch sehr schlecht, und ich bin unendlich schwach. Die Ärzte meinen, dass ich als Long-Covid-Folge einen Herzfehler davontragen werde.

Und das im wahrsten Sinne des Wortes. Claudius ist tot. Gestorben an Covid 19 als ich im Koma lag. Wahrscheinlich von mir angesteckt. Ich bin völlig am Ende. Ich muss mit der Last leben, ein Menschenleben ausgelöscht zu haben. Ich bin entsetzlich traurig und muss jede glückliche Minute, die ich mit Claudius verbracht habe, mit Trauer und Leid zurückzahlen.

Mama, ich weiß, es ist eine Zumutung, aber kann ich zu Dir zurückkommen?

Ach Mama, ich brauche Dich so sehr,

Deine Tochter

31. Die Nummer 25

Mit über 81.000 Mitarbeitern ist der Frankfurter Flughafen so groß wie eine größere Mittelstadt. Aber er ist auch ein Dorf. Interne Neuigkeiten verbreiten sich so schnell wie hessischer Kochkäse in der Sonne.

Ich arbeitete für eine amerikanische Fluggesellschaft und liebte meinen Job in diesem weitläufigen, summenden und brummenden Umfeld, wenn mir auch manchmal die ständigen Durchsagen auf den Keks gingen.

»Nummer 25 zu Ausgang A19, bitte.«

Wer am Flughafen arbeitet, hat ständig den Duft der großen weiten Welt in der Nase. Teure Boutiquen mit exquisiter Ware, Restaurants mit erlesenen Speisen, fröhliche Menschen, auch viel Prominenz. Und wer hier arbeitet, muss das Portemonnaie gut festhalten. Am Flughafen schnell mal zum Friseur - teuer. Was Essen gehen - auch teuer. Nach Feierabend in die Flughafen-Disco - noch teurer. Aber auch bequem.

Warum bleibt nur immer so viel Monat am Ende des Geldes übrig?

»Nummer 25 in die Ankunftshalle, Gepäckband Nummer 7, bitte.«

Die Gäste, die Kolleginnen und Kollegen kommen aus allen Ecken der Welt. Ich trainierte den flotten Wechsel von einer Sprache zur anderen. Und lernte, dass es viele Ansichten und Meinungen, viele Weltanschauungen gibt. Die zu jener Zeit aber meist noch fest in unserer kleinen, engen Bundesrepublik eingemauert waren.

Ich brauchte diese internationale Atmosphäre wie die Luft zum Atmen. Ich hatte einen bunten Freundeskreis und ließ es öfters gerne mal so richtig krachen.

»Nummer 25 zu Ausgang B31, bitte.«

Und natürlich, wer am Airport arbeitet, sieht Gott und die Welt. Also, die Götter sind meist selbstgemacht und decken die ganze Bandbreite von Dwayne Johnson über Lady Gaga bis zu Scarlett Johansson ab. Dazwischen wuseln noch die politischen Koryphäen rum. Bei so viel Wichtigkeit kann man selbst leicht gaga werden, aber die Prominenz kocht auch nur mit Wasser.

Ich erinnere mich noch gerne an diesen kleinen, kahlköpfigen, weltberühmten amerikanischen Filmstar, der mir dankbar zulächelte, als ich ihm bei einem Fernsehinterview in der VIP-Lounge noch schnell einen Schemel unter die Füße schob. In seinen Western und Historienschinken sah er auch immer viel größer aus.

»Nummer 25 zum Lufthansa-Schalter 264, bitte.«

Und natürlich gibt es auch Ekelpakete unter so viel Autorität. Da wird gerne mal der eigene Status vorgeschoben, um was durchzudrücken. Oder der Name der oder des aktuellen Geliebten erwähnt, wenn diese Person berühmter ist als man selbst.

»Nummer 25 zu Ausgang A16, bitte.«

Ja und die große, weite Welt, die sehen wir Airliner natürlich auch viel öfter als Otto Normalverbraucher. Wer zu den ganz Glücklichen gehört, so wie ich damals, der fliegt auch im Dienst noch rund um die Welt. Zusätzlich bekam ich Prozente auf Urlaubsflüge, auf Luxusgüter, Hotels und Mietwagen, auch Freiflüge. Gerne genutzt, um zum Beispiel für ein Wochenende nach Cannes zu fliegen, um in Grasse ein individuelles Parfum anfertigen zu lassen oder um für Seidenblusen nach Maß, schnell mal nach Indien oder China zu jetten.

»Nummer 25 zum Service Point, Terminal 2, bitte.«

Die Nummer 25 wird ungefähr alle drei Minuten aufgerufen, und ist so begehrt wie Harry Potter bei den Kids oder Jürgen Drews am Ballermann. Hinter der Nummer 25 verbirgt sich nichts anderes als die Putzfrau - sie ist die begehrteste Frau am Frankfurter Flughafen.

Immer noch.

32. Frankfurt im Juli

Vorsichtig blicke ich zurück. War da was?

Die Sonne knallt auf das Pflaster und reflektiert zu mir zurück. Zweimal in Sonne gebadet. Über meine Haut hat sich ein feiner Schweißfilm gelegt. Man spaziert nicht ungestraft mitten im Juli durch das kochende Frankfurt.

Was für eine Schnapsidee. Wo ich doch Frankfurt sonst meide, wo ich nur kann. Aber nein, ausgerechnet heute muss ich in diese siedende Stadt.

Mein schlechtes Gewissen hat mich getrieben. Ich hatte Oma Ulla versprochen, sie im Heim zu besuchen. Schon vor sechs Wochen. Als ich heute vor dem Heim stand und die alten Leute neben dem Eingang in ihren Rollstühlen sitzen sah, bin ich nicht hineingegangen. Bin auf dem Absatz wieder umgekehrt. Einfach so. Es war der Geruch. Der Geruch der alten Leute, der mich umkehren ließ. Der Geruch nach dem nahen Tod.

Das ist ungerecht. Ungerecht gegenüber den alten Leuten und noch ungerechter zu Oma Ulla. Die hat sich auf meinen angekündigten Besuch so gefreut.

Ich habe ein abgrundtief schlechtes Gewissen. Aber ich kann einfach nicht über meinen Schatten springen.

Die Hitze staut sich, und nur wenige Menschen schleichen durch die glühenden Straßen zwischen aufgeputzten Stadthäusern und aufgeheizten Hochhäusern.

Ich höre Schritte. Ich bleibe stehen. Die Schritte hinter mir auch. Schnell drehe ich den Kopf. Verschwand da gerade eine Gestalt in einem Hauseingang?

Was mache ich mir Gedanken? Wer soll mich denn verfolgen? Na gut, Frankfurt hat eine hohe Kriminalrate, aber da passe ich nicht rein.

Ich biege in die Taunusanlage ein. Kühle Bäume, sattes Grün. Die Frankfurter Stadtverwaltung lässt ihre Grünanlagen nicht verdursten. An den Bäumen stehen große, schwarze Plastiksäcke, prall gefüllt mit Wasser. Peu à peu geben die Säcke das kostbare Nass an die durstigen Bäume ab. Auf zwei verschmierten Bänken lümmeln sich ein paar Jugendliche mit Bierflaschen. Die haben auch Durst.

Fünf Jungs kommen mir in einer geschlossenen Reihe entgegen. Ich blinzele im grellen Sonnenlicht. So ein Rothaariger rempelt mich an und nuschelt mir was ins Gesicht. Er hält mir ein Tütchen unter die Nase. Oh Gott, ach nein, bitte nicht. Ich fliehe.

Gutleutstraße. Banken, Versicherungsgebäude. Hier ist es an manchen Stellen dunkel. Die Hochhäuser werfen lange Schatten. Wieder dieses ungute Gefühl verfolgt zu werden. Die Schritte hinter mir hallen. Der Schweiß rinnt mir aus allen Poren.

Ich laufe in Richtung Bahnhof. Keine gute Gegend für eine unbegleitete Frau. Ich gehe schneller, renne, mein Verfolger auch. Der Schweiß rinnt mir in die Augen, ich sehe alles verschwommen. Ich strauchele, ein Arm packt mich. Rettet mich vor dem Sturz. Ich sehe nichts mehr, vor meinen Augen ist alles schwarz.

Die Sonne steht hinter meinem Retter. Der ist wirklich schwarz. Als meine Augen sich an das Licht gewöhnt haben, lacht mich dieser uniformierte Ami-Soldat mit weißen Zähnen fröhlich an: »Alles gut, Fräulein? Are you okay?«

Ich drehe mich um. Hinter mir steht mein Verfolger. Mein zweites Ich. Mein Schatten, mein schlechtes Gewissen. Rabenschwarz, wie mein Retter.

Ich bedanke mich bei dem Amerikaner, rufe ein Taxi und fahre zurück ins Heim.

Oma Ulla hat sich riesig über meinen Besuch gefreut. Zwei Tage später ist sie friedlich gestorben.

33. Vergleichsweise

Man hat ja schon viel über unser Nachbarland gehört: „Leben wie Gott in Frankreich" zum Beispiel. Dabei geht es hauptsächlich ums Essen und Trinken. Die französische Küche ist berühmt und spätestens seit Paul Bocuse haben auch die restlichen Erdenbürger mit einem anderssprachigen Zungenschlag von Kalbsbries, Froschschenkeln und Gänsestopfleber gehört. Und auch die französischen Weine, wie auch der Champagner, erfreuen sich in unseren Breitengraden immer größerer Beliebtheit.

Nicht zu vergessen: Als Volk der Liebe haben die Franzosen ebenfalls eine gewisse Reputation vorzuweisen.

Wer kennt sie nicht, diese Begriffe, die angeblich aus unserem Nachbarland stammen? Über die im mehr oder weniger fortgeschrittenem Alter unter vorgehaltener Hand getuschelt wird? Die Begriffe wie Pariser, French Kiss oder 69 wird man aber in der französischen Sprache vergeblich suchen. In unserem Nachbarland kennt man diese Begrifflichkeiten unter ganz anderen Bezeichnungen. Die muss man aber nicht unbedingt wissen. Hauptsache man weiß, was man tut!

Ich habe erst kürzlich einen Beitrag über das Sexualeben der Franzosen gelesen. Da stand schwarz auf weiß: Die Hälfte der französischen Männer würde regelmäßig fremdgehen, die Französinnen seien mit 37% dabei. Eine Komponente für das Fremdgehen sei, dass die

Ehepartnerin nach der Geburt der Kinder einen anderen Stellenwert in der Ehe bekäme. Als Mutter würde sie von ihrem Ehemann auf ein Podest gestellt und als Partnerin hochgeachtet, für gewisse Bedürfnisse oder Vorlieben ginge der Ehemann aber lieber fremd. Es gab noch ein paar weitere interessante Details: 91% der Franzosen praktizieren Fellatio, und der Durchschnittsfranzose habe 8 bis 13mal Sex in der Woche. Ein Mann habe im Schnitt 13 und eine Französin 7 Sexpartner im Leben. Und das wichtigste Ding im Leben eines Mannes messe bei einer Erektion 13,12 Zentimeter.

Man beachte, hier wird um Millimeter gekämpft.

Das brachte mich dann doch etwas ins Grübeln, und ich kramte in der Schublade nach einem Zentimetermaß.

35. Prominent

Sie sahen sich einmal im Jahr. Jedes Jahr. Seit 28 Jahren.

Er war gerade 32 Jahre alt, als sie sich kennenlernten. Sie hatte bereits die Lebenserfahrung, die er so an ihr bewunderte. Sie lernten sich im Theater der Hauptstadt kennen, als sie nach der Premiere im Foyer Autogramme schrieb.

Sie war bereits eine gefeierte Schauspielerin, und er stand noch am Anfang seiner beruflichen Karriere.

Flushing, coup de foudre, Liebe auf den ersten Blick.

Aber beide waren ehrgeizig. Sie war im Begriff vor der Kamera ihren Weg zu gehen, und er wollte noch viel im Leben erreichen.

Sie trafen sich jedes Jahr. Nein, nicht in Marienbad. Sie trafen sich jedes Jahr am Bodensee, im ersten Haus am Platze, in Konstanz, der prominentesten Stadt am See. Damit war die notwendige Diskretion gegeben, waren die neugierigen Mäuler gestopft.

Er heiratete zweimal. Nicht sie. Sie ging eine Ehe ein, die ihrer Film- und TV-Karriere guttat. Nur, sie kamen nicht voneinander los. Es gab täglich Telefonate, Mails, und später auch WhatsApp. Und einmal im Jahr ihr Treffen, das sie wie Flitterwochen zelebrierten.

Die Jahre gingen ins Land.

Er wurde ein erfolgreicher CEO, sie wurde in TV-Serien bekannt. Und selbst als sie die 60 überschritten hatte, blieb sie weiterhin gut im Geschäft.

Das Leben ging weiter, ging seinen Gang.

Zu ihrem 70. Geburtstag hatte er ihr eine Ballonfahrt über den Bodensee geschenkt. Sie wollten beide im Frühsommer über Europas größten Binnensee fahren, den Ausblick genießen und danach, wie jedes Jahr, mit einer Flasche Champagner im Bett landen. Es knisterte zwischen ihnen noch immer wie am ersten Tag.

Der Tag versprach mit azurblauem Himmel eine Traumfahrt über das spiegelglatte Wasser.

Er hatte eine Flasche Champagner, zwei Sektkelche und eine rote Rose im Gepäck. Als der Ballon abhob, küsste er sie und flüsterte ihr begehrliche Worte ins Ohr. Über dem See öffnete er mit einem lauten Knall die Champagnerflasche. Der Korken landete so unglücklich im Gasverteiler, dass der Ballon sofort Feuer fing.

Ihr Tod konnte nicht vertuscht werden. Die Paparazzi stürzten sich wie die Geier auf das Unglück, auf die verbotene Liebe, auf die pikante Story, auf den Skandalhunger der Leser.

Sie wurden in verschiedenen Gräbern, in verschiedenen Städten begraben.

Aber ihre Seelen waren vereint.

36. Das erste graue Haar

Manchmal möchte man die Uhr zurückdrehen. Da hat man Dinge gemacht, die man lieber nicht gemacht hätte. Eines von diesen Dingen war, dass sie angefangen hatte, sich die Haare zu färben. Mit 20 war sie blond, mit 30 hennarot, mit 40 rotgesträhnt, mit 50 wieder Henna und mit 60 Jahren hatte sie lange, tiefschwarze Haare.

Die ersten grauen Haare sah man zuerst an den Schläfen, dann an den Ansätzen. Das war an und für sich noch kein Beinbruch, das konnte man korrigieren. Aber dann wurden die Schläfen immer heller, die Ansätze immer länger, das Haar immer grauer. Obendrein dieses abgrundtiefe Schwarz bis an den Haarenden.

Sie färbte nach. In immer kürzeren Abständen. Das tat den Haaren gar nicht gut. Und dem Portemonnaie auch nicht.

Die beste Freundin gab gute Ratschläge: Mach die Haare ein bis zwei Töne heller.

Gesagt, getan. Sie machte es selbst, das klappte aber irgendwie nicht. Der malträtierte Schopf bekam eine verlaufende Schattierung und erinnerte an die schmelzenden Uhren von Dali.

Sie beschloss mit dem Färben aufzuhören. Davor stand ein Besuch bei ihrem Friseur an.

«Einmal schneiden bitte, aber nur die Spitzen, nicht mehr!«

Ihr langjähriger Figaro tanzte um sie herum und bekam sich nicht mehr ein: «Signora, was Sie habbe gemachte mit Ihre Haare? Santa cielo, das könne Sie nixe so lasse. Rauswaxe lasse, mit nur ganz bissi nachschneide? Das wird Ihne in die Gesichte knalle, jede Tage. Obbe graue und unnedrunne tiefe schwarze Haare? Das gehte nixe. Das musse alles abbe. Oder wir müsse widde färbe, capisci?»

In seiner Stimme konnte man bereits den vorprogrammierten Verlust seiner besten Kundin erkennen.

Er hatte ja so Recht.

Nur, sie wollte keine raspelkurzen, grauen Haare haben. Also fielen von der, für ihr Alter sowieso viel zu langen Mähne, gerade mal ein Zentimeter auf den blank polierten Boden des Frisiersalons.

Und das jeden Monat, monatelang. Bei jedem Zentimeter gab es großes Geschrei.

Die beste Freundin raufte sich ihre blondgesträhnten Haare und gab weiterhin gute Ratschläge. Umsonst.

In den folgenden Monaten regnete es mehr oder minder gut gemeinte Kommentare der Freundinnen und Bekanntschaften über den immer größer werdenden, grauen Heiligenschein und den ewig schwarzen Haarspitzen, die einfach nicht weniger werden wollten. Einige konnten oder wollten sich die Diskussionen, den Anblick, und den zutage getragenen Starrsinn nicht mehr anhören, geschweige denn ansehen. Und flohen. Wie der Ehemann.

Nach über einem Jahr eisgrauem Heiligenschein fielen endlich die letzten schwarzen Spitzen bei besagtem Figaro auf den noch immer blank polierten Salonboden.

Sie hatte jetzt eine flotte Wallemähne, eisgrau. Sie sah jünger aus, besser denn je. Die grauen Haare standen ihr gut.

Kurzentschlossen buchte sie eine Kreuzfahrt nach Griechenland.

Auf dem Schiff traf sie einen Mann. Der war Grieche und hatte ebenfalls graue Haare. Es war Liebe auf den ersten Blick.

Sie ist vor kurzem umgezogen und lebt jetzt auf einer wunderschönen Insel im sonnigen Griechenland.

Hatte ich schon erwähnt, dass der neue Mann an ihrer Seite der Reeder ist, auf dessen Schiff sie sich kennenlernten?

37. Zum Streicheln schön

Karla bekam zu ihrem fünften Geburtstag ein Kaninchen geschenkt. Streichelzart, schokoladenbraun, mit einem eigenen geräumigen Auslauf. Im Esszimmer!

Jedes Mal, wenn ich die Eltern von Karla besuchte, hoppelte mir das Tier namens Chocolat zwischen den Füßen herum, knabberte Elektrokabel an, und wir saßen am Abend im Dunkeln. Das versprochene Abendessen fiel meistens aus.

Karla war die Tochter meiner besten Freundin. Ich war dort oft zu Besuch, also saß ich oft im Dunkeln.

Eines Abends hatte ich eingeladen. Meine beste Freundin samt Ehemann und, mangels Babysitter, auch Karla. Ohne Chocolat.

Karla quengelte. Sie wollte nicht in das eigens für sie bereitgestellte Kinderbett in meinem Gästezimmer schlafen. Das kann extrem nervig sein. Wer Kinder im Alter von fünf Jahren hat, weiß wie Kinder in diesem Alter quengeln können.

Karla durfte bis zum Hauptgericht aufbleiben. Es gab Kaninchen.

Karla hatte schon immer viel Fantasie - und mein Kaninchen im Rohzustand in der Küche gesehen. Ich gebe zu, das Tier hatte eine fatale Ähnlichkeit mit Chocolat.

Ein Kurzschluss wegen angeknabberter Elektrokabel ist ein Klacks, was dann folgte. Karlas Schreie klangen wie Sirenengeheul. Oder noch ärger.

Die Nachbarschaft rief die Polizei, um mich und meine Freunde wegen Misshandlung Minderjähriger oder Schlimmeren anzuzeigen.

Was soll ich sagen? Das Abendessen fiel aus. Wieder mal.

38. Il venait d'avoir 18 ans

Wer kennt sie nicht? Dalida, den großen internationalen Star, dessen Herkunft mal als Italienerin, mal als Ägypterin mystifiziert wurde, die aber durch Heirat zur Französin wurde. Die Ehe scheiterte nach wenigen Monaten.

Immer wieder umjubelt, machte sie eine große Karriere als gefeierte Sängerin und Schauspielerin, mit beachtlichen Erfolgen im In- und Ausland.

1933, mit italienischen Vorfahren in Kairo geboren, war sie eine Ausnahmekünstlerin, die nach dem Tod ihres Lebensgefährten Luigi Tenco in Depressionen verfiel und 1987 aus eigenem Willen aus dem Leben schied.

Warum hatte sie ihrem Leben ein Ende gesetzt?

Nach dem Tod ihres Lebensgefährten begann sie eine Affäre mit einem 18jährigen italienischen Studenten, der sie, 36jährig, schwängerte. Abortion, unfruchtbar ihr Leben lang. Es folgten langjährige Depressionen.

1973 arbeitete sie das Trauma ihrer Unfruchtbarkeit mit dem Hit: „Il venait d'avoir 18 ans" auf. Das Chanson wurde ein Welterfolg und von ihr in mehreren Sprachen gesungen.

Ein Jahr nach ihrem extrem erfolgreichen Film „Der sechste Tag" schied die Künstlerin 1987 freiwillig aus dem Leben.

Jahre danach:

Wer kennt sie nicht, die Angst vor dem Alter, dem Verlust von Jugend, Schönheit, Begehrtheit?

Sie war Anfang Vierzig. Knackig, fit, erfolgreich im Beruf.

Ihre Freundinnen langweilten sich in den Villen gepflegter Großstadtvororte. Die Kinder wurden von Nannys und Haushälterinnen umsorgt. Die Freundinnen gingen fremd, während ihre Männer als einflussreiche CEOs das benötigte Kleingeld beischafften und ebenfalls fremdgingen.

Sie nicht. Sie war frei, unabhängig und erfolgreich im Beruf. Sie hatte Karriere gemacht, machte immer noch Karriere.

Aber der tägliche Blick in den Spiegel zeigte unbarmherzig wie die Lachfalten sich tiefer gruben, wie die Fältchen an Hals und Mundwinkeln sichtbarer wurden, die Hüften ein kleinwenig runder.

Mit Sport und Schwimmen im eigenen Pool versuchte sie dem entgegenzuwirken.

Als der Pool immer grüner wurde, und dann auch nicht mehr nach Veilchen duftete, rief sie die Firma an, die ihr die Freundinnen empfohlen hatten. Der schnauzbärtige Eigentümer kam mit seiner Mannschaft, begutachtete, prüfte und machte einen Kostenvoranschlag. Man wurde sich einig.

Fünf Tage später kam er, der Neffe des Firmeneigentümers, der einmal das Business des kinderlosen Onkels übernehmen sollte.

Veilchenblaue Augen, lange, schwarze Haare, zu einem Pferdeschwanz gebunden. Ein braungebrannter, muskulöser Körper. Frisch von der Schule, gerade mal 18 Jahre alt.

Sie nahm sich frei, um die Arbeiten zu überwachen. Ihre Blicke verfolgten ihn auf Schritt und Tritt,

wenn sie aus der Schiebetür in den Garten trat, um seine Ankunft zu erwarten,

wenn sie im Wintergarten saß, um die Fortschritte am Pool zu begutachten,

wenn sie von der Terrasse das Muskelspiel seines Körpers beobachtete,

wenn sie am Pool trödelte, um ein paar Worte mit ihm zu wechseln.

Es war nicht okay, das wusste sie.

Schon am zweiten Tag blickte er zurück. Sie duldete seine Blicke. Nein, sie genoss sie geradezu.

Am dritten Morgen meinte er: »Sie können jetzt rein. Der Pool ist sauber. Algenfrei.«

Der Tag versprach heiß zu werden. Die Sonne brannte bereits aufdringlich vom Himmel.

Sie stand im knappen Bikini am Pool und bedankte sich mit einem langen Händedruck für die geleistete Arbeit.

Dann sprang sie mit einem eleganten Kopfsprung in das kühle Wasser. Sie hatte vergessen, seine Hand loszulassen.

Es war nicht okay, das wusste sie.

Wie selbstverständlich streifte er ihr die Bikiniteile vom Leib, zerrte seine Shorts, das T-Shirt von seinem Körper und nahm sie am Beckenrand mit harten Stößen.

Er folgte ihr wie ein Hündchen. Tag für Tag. Bettelte um jede Minute Zweisamkeit. Kam nicht mehr von ihr los. Sie ließ es zu, genoss sein Begehren, seine Ausdauer, seinen straffen Körper.

Es war nicht okay, das wusste sie.

Das ging ein paar Wochen gut. Genau gesagt, neun Wochen und 15 Tage.

Dann blieb ihre Periode aus. Sie dachte erst an Stress, dann an frühe Wechseljahre. Sie machte einen Termin bei ihrer Gynäkologin.

»Herzlichen Glückwunsch, Sie sind schwanger.«

Sie wollte nicht schwanger sein. Nicht mit Anfang Vierzig und schon gar nicht von einem 18jährigen Vater.

Sie versuchte es ihm zu erklären.

Als er von dem Abbruch erfuhr, rastete er komplett aus. Er schlug ihr ins Gesicht, mehrmals. Er war stark. Sie musste für einige Tage in die Klinik zur Behandlung.

Bei Gericht erreichte sie eine einstweilige Verfügung. Er durfte sich ihr keine 100 Meter nähern. Er hielt sich an die Vorgabe, aber er folgte ihr auf Schritt und Tritt, immer in 100 Metern Abstand.

Es war die Hölle. Sie verklagte ihn. Immer wieder. Ohne Erfolg.

Sie wurde fahrig, unachtsam. Ihre berufliche Karriere stand auf dem Spiel.

Zu allem Überfluss veralgte der Pool erneut. Sie rief die Konkurrenzfirma an und vergab den Auftrag.

Die Arbeiter kamen, und zwei Tage später war das Becken gereinigt.

»Morgen können Sie wieder Ihr Bad nehmen. Ohne Algen, versteht sich.«

Sie freute sich darauf.

Am anderen Morgen lag er mit ausgebreiteten Armen und mit dem Gesicht nach unten im Pool. Die veilchenblauen Augen blickten starr, ohne Leben, und das lange, schwarze Haar umfloss seine Schultern auf dem glasklaren Wasser.

Sie ging nie wieder in den Pool und verkaufte das Haus.

39. Smørrebrød und Bemme

Urlaub bedeutet Erholung. Für viele ist der lang ersehnte Urlaub mit neuen Eindrücken verbunden, für manche auch mit Abenteuern. Andere suchen nach Bildung und neuen Erkenntnissen. Fast alle denken dabei auch an gutes Essen und Trinken. Jedoch kaum an belegte Brote. Obwohl, und das ist das Überraschende dabei, kommt doch jeder Urlauber früher oder später mit einer spezifischen Art des belegten Brotes in seinem Urlaubsland in Berührung.

Ich spreche nicht vom begleitenden Brot am Frühstückstisch. Obgleich es auch da oftmals Überraschungen gibt. Wer hat noch nicht verblüfft den Mund verzogen, als er zum ersten Mal mit der gesalzenen Butter unter seinem Orangenmarmeladentoast Bekanntschaft machte? Oder die Fettaugen der getunkten, dick mit Butter geschmierten Baguette bei seinem Frühstücksnachbarn im Milchkaffee schwimmen sah?

In unserer unmittelbaren Nachbarschaft spielen die belegten Brote in den vielen kleinen KROs (Dänemark), Hospodas (Tschechien), Pups (England), Bistros (Frankreich), Trattorias (Italien), Tapas Bars (Spanien), wie auch in den deutschen Kneipen eine große Rolle. Und natürlich auch zuhause am Familientisch.

Allen voran das dänische Smørrebrød. Wer kennt sie nicht, diese kleinen, fein dekorierten Schnittchen aus Roggenbrot, mit gesalzener Butter als Unterlage, und mit Lachs oder Pastete, mit Wurst oder Gemüse fantasievoll belegt? Unvergessen bleiben auch jedem

Dänemarkbesucher das „Pariserböf" oder der „Ster-jneskud". Oder die „Sonne über Gudhjem", und hier meine ich nicht den pittoresken Sonnenuntergang an der dänischen Ostseeinsel. Obgleich man dieses frische Roggenbrot, üppig belegt mit geräuchertem Hering, klein geschnittenen Zwiebeln, Radieschen und Schnittlauch, getoppt mit zwei rohen Eigelben, gerne auch an einer Strandbar in Bornholm bei untergehender Sonne genießen kann. Selbstverständlich werden alle Smørrebrød nur mit Messer und Gabel gegessen.

In den urigen Hospodas, mitten auf dem Land in Tschechien, nutzte mir weder Deutsch noch irgendeine mir bekannte Fremdsprache. Mit Händen und Füßen versuchte ich mich verständlich zu machen. Aber Essen und Trinken geht irgendwie immer. Leider war die Auswahl nicht sehr üppig. Wer zehn Tage lang Schweinebraten mit Knödel und Kraut, oder Kraut mit Schweinebraten und Knödel, oder Knödel mit Kraut und Schweinebraten gegessen hat, weiß wie dankbar man für eine kleine Abwechslung auf dem Speisezettel ist. Zwei belegte Chlebickys, kleine Brotschnitten mit einer Lage Kartoffelsalat und einer kunstvoll gefalteten Scheibe Schinken belegt, garniert mit Ei, Gurke und Paprika sowie eine mährische Köstlichkeit namens moravsky chlebicek bleiben mir in guter Erinnerung. Das längliche Weizenbrot mit würzigem Räucherfleisch und eingelegtem Gemüse wurde mir, begleitet von einem kräftigen Bier und einem Schluck mir unbekannter Provenienz, vom Nachbartisch liebevoll aufgedrängt. Der selbstgebrannte Schnaps brannte wie Feuer, verätzte mir die Kehle, sodass ich noch Tage danach etwas heiser war. Dagegen schmeckte der nachfolgende Becherovka sanft wie Mandelmilch.

Über die englische Küche kann man geteilter Meinung sein. Ich wollte einmal in meinem Leben den exquisiten Tea-Room von Londons berühmten Kaufhaus Harrods besuchen und reservierte einen Tisch für zwei. Das Ambiente war beeindruckend zwischen Jugendstiltraum und Bahnhofwartesaal angesiedelt. Vor unseren Augen rollte ein Wagen mit köstlich aussehenden Sandwiches und Törtchen an. Das kleine Menü offerierte eine Auswahl Sandwiches: viereckige Weißbrotscheiben mit Gurke, gekochten Eiern, gebratenem Speck, geröstetem Paprika oder englischem Käse belegt. Darunter gesalzene Butter, Mayonnaise oder Remoulade. Die Rinde sauber abgeschnitten und die belegten Toastscheiben diagonal durchgetrennt. Dazu Scones mit Clotted Cream und Himbeermarmelade, Schokotörtchen, Baissertörtchen, Cremeschnittchen. Und vier verschiedene Sorten Tee. Das war das Angebot, die Auswahl beschränkte sich auf „oder", will heißen nur auf je ein Stück aus der Abteilung pikant oder süß, bzw. einem Kännchen Tee. Pro Nase auf heutige unglaubliche 70,62 Euro umgerechnet, habe ich mir diesen kulinarischen Ausrutscher nur ein einziges Mal gegönnt. Okay, ein Fingerhütchen Schampus war auch dabei.

Was dem Deutschen sein Graubrot, das ist dem Franzosen seine Baguette. Unvorstellbar, dass in unserem Nachbarland dieses längliche Brotstück aus Weizenmehl, Hefe und Wasser einmal ausgehen könnte. Das käme einer zweiten Französischen Revolution gleich. Abgesehen von dem triefenden Stück Baguette, dick mit Butter bestrichen und in Milchkaffee getunkt (Ich habe es probiert, es sieht grässlich aus, aber es schmeckt!), habe ich in einem kleinen Bistro, mitten im französischen Niemandsland, eine längs aufgeschnittene

Baguettehälfte mit dicken Avocadoscheiben, kross gebratenem Frühstücksspeck und Spiegelei darüber, gegessen. Dazu einen kühlen Roséwein. Dafür hätte ich jedes fünfgängige Menü stehengelassen.

In einer kleinen Trattoria, in einem felsigen Dorf in Ligurien, lernte ich abseits von Pizzabrot, Ciabatta, Bruschetta und Tramezzini ein rustikales Bauern-Panini kennen, das einem großem, knusprigen Brötchen aus dunklem Mehl ähnelt. Die Wirtin brachte das duftende Brot, belegt mit einer selbstgemachten, würzigen Tunfischcreme, eingelegten Anchovis und großen Kapernblüten, frisch gebacken auf den Tisch. Dazu servierte sie, ich wollte es kaum glauben, einen kühlen Rotwein aus ihrem Bergkeller. Nie hat mir Rotwein zu Fisch besser geschmeckt! Und den Blick von der blumengeschnückten Terrasse auf das Meer und einen kitschigen, atemberaubenden Sonnenuntergang, mit Grillenzirpmusik im Hintergrund, gab es außerdem umsonst.

Sonne, roter Wein und Tapas, so schmeckt Urlaub in Spanien. Hier dominiert das Weißbrot, ähnlich wie in Frankreich und Italien. Ich wohnte in einem kleinen Dorf an der Costa Brava bei einem älteren Ehepaar. Zum Frühstück gab es Kaffee, Weißbrot, Tomaten, Paprikawurst und rohen Schinken. Meist aß ich auswärts, aber einmal kam ich gegen 23.00 Uhr nachhause, und das Ehepaar bot mir auf der Dachterrasse ein Glas Wein an. Selbstgemachter Wein aus den eigenen Weinbergen. Auf dem Tisch stand eine Platte mit öltriefenden Weißbrotstücken. Ich bekam gierige Augen. »Menja, si us plau.«, war die katalanische Aufforderung. Ich ließ mich nicht zweimal bitten und langte kräftig zu. Die Weißbrotscheiben vom Vortag trieften vom üppig verteilten

Olivenöl und schmeckten würzig nach den vorher abgeriebenen Knoblauchzehen und überreifen, eingeriebenen Tomaten mit grobem Meersalz. Darüber lagen hauchdünne luftgetrocknete Schinkenscheiben aus den spanischen Pyrenäen. Der schwere, gelbliche Wein, den der Hausherr in großen Ballonflaschen auf der Dachterrasse von der katalanischen Sonne, von ursprünglich rotem Wein in Weißwein umwandeln ließ, schmeckte dazu köstlich. Aber in der Nacht wachte ich von meinem eigenen Knoblauchduft auf, der mir die Zutaten von „pan tomate y pernil" in allen Einzelheiten verriet.

Wenn ich nach meinen Reisen wieder in Deutschland bin, stürze ich mich als Allererstes auf eine der über 3.000 Brotsorten, und dann auf eine der über 1.500 Wurstsorten. Denn darin sind wir Meister und darum beneidet man uns auf der ganzen Welt. Pumpernickel, Roggenmischbrot, Vollkornbrot, Weizenbrot, in allen Formen und Varianten. Mit Sauerteig, mit Hefe oder ohne. Mit Nüssen, Körnern, Oliven, Tomaten, Paprika oder sonstigen Einfällen und Formen. Nach der Globalisierung kamen noch Toastbrot, Fladenbrot und Knäckebrot dazu. Die Kleinteile nennt man bei uns Weck (Hessen), Schrippen (Berlin) oder Semmeln (Bayern), oder allgemein einfach nur Brötchen.

Und wenn ich in einem unserer neuen Bundesländer bin, esse ich länderübergreifend eine Bemme (Butterbrot) mit Pfälzer Leberwurst und Gurken aus dem Spreewald.

Es schmeckt. Nach Heimat.

40. Einmal Schneiden, bitte

Wir waren eingeladen. Miriam und ich gackerten rum, was wir mitbringen sollten und was wir anziehen sollten. Wir entschieden uns schließlich, gemeinsam zum Friseur zu gehen.

Der Frisiersalon wurde von einem Franzosen geführt, an dessen Attraktivität kaum etwas auszusetzen war. Schulterlange, sehr gepflegte Locken, eine drahtige Figur und nach der letzten Mode gekleidet, reichte er mir allerdings nur bis knapp unters Kinn. Er legte den Kopf in den Nacken und strahlte mich mit gritzegrünen Augen an. Ob der farbige Kontaktlinsen trug?

Er griff mir spielerisch in die Haare und wuschelte mal da hin und mal dort hin.

»Ts, ts, ts, das machen Madame reif, viel zu reif«, säuselte er.

Es war ziemlich offensichtlich, was er damit meinte. Meine Frisur machte mich also alt. Ich betrachtete mich aufmerksam im Spiegel. Stimmte das etwa? Wurde ich langsam alt? Ich schluckte schwer. Zugegebenermaßen sah mein aschblonder, mittellanger Pagenkopf nicht besonders flott aus. Aber alt?

»Okay, dann machen Sie mich eben jünger, bitte schön.«

Ich musste aber erst mal aufs Klo und zwängte mich zwischen einer Kaffeemaschine und Stapel kleiner

140

Haarfärbekartons, über einen schmalen Gang, auf die enge Personaltoilette. Beim Sitzen klebte mir die Toilettentür vor der Nase. Zu dumm, dass mir solche Veränderungen aber auch immer auf die Blase drücken müssen.

Der Friseur schenkte mir wieder dieses strahlende Lächeln und packte meine Haare in Alufolie, sodass ich wie ein gestrandeter Marsmensch aussah. Zuvor hatte er mir noch erklärt, dass er mir verschiedenfarbige Highlights in die Haare zaubern und einen neuen Schnitt, will heißen, eine neue Frisur verpassen würde. Und dann würde ich schon sehen. Voilà.

Ich schloss die Augen und überließ ihm ergeben meinen Kopf. Er erzählte mir vom jüngsten Klatsch über den Bürgermeister, einer brisanten Affäre zwischen einem Modedesigner und einem Politiker, einem Film, den er kürzlich gesehen hatte und dem neuesten Skandal des Schauspielers XY, von dem ich noch nie etwas gehört hatte. Mir fielen die Augen zu, und ich döste vor mich hin.

Da ich ohne Brille nicht sehr gut sehe, döste ich auch beim Haare schneiden weiter, und erst als Miriam einen schrillen Kreisch von sich gab, riss ich die Augen wieder auf. Ich war nach Aussagen des Friseurs fertig.

»Mann oh Mann, mindestens zehn Jahre jünger, ehrlich.« Miriam konnte sich gar nicht mehr einkriegen.

Ich guckte. Miriam hatte Recht. Da schaute mich eine ziemlich fremde Person aus dem Spiegel an, die mit einem kurzem Bob und hellen, mittel- und goldblonden Strähnchen, frech in die Stirn gefranst, mindestens zehn Jahre jünger aussah.

Die Rechnung war gepfeffert, aber das Ergebnis hatte sich gelohnt.

Ich schwebte aus der Ladentür, drehte mich um und schenkte dem hinter mir gehenden Jüngling, in engsitzenden Röhrenhosen, mein verführerischstes Lächeln, das er mit offenem Mund quittierte.

Donnerwetter, diese Wirkung hatte ich nun doch nicht erwartet.

Miriam riss mich aus meinen Träumen. Sie flüsterte: »Du hast deinen Rock im Schritt, äh, also eher hinten drin eingeklemmt.«

Oh Gott, wie peinlich. Das waren die Folgen der engen Personaltoilette. Da renne ich mit hoch geschürztem, in der Pobacke eingeklemmtem Rock durch die Gegend und flirte mit einem pubertierenden, pickeligen Jüngelchen, das mich alte Schachtel für völlig irre halten musste.

An der Hauswand gelehnt, behob ich den Schaden und verlangte umgehend nach einem Cognac. Ich musste dieses peinliche Pobacken-Desaster irgendwie schnellstmöglich ertränken.

41. Die Macht der Worte

Wir schreiben das Jahr 1694. Ein junger Mann erblickt das Licht der Welt. Francois-Marie Arouet wächst in einem gutbürgerlichen Haus in Paris auf. Der Vater ist Notar, die Mutter stammt aus einer angesehenen Adelsfamilie. Der Sohn rebelliert, er lebt im Zeitalter der Aufklärung, wird Dichter und Philosoph, und eckt in der Feudalherrschaft an. Man nennt ihn einen Wegbereiter der Französischen Revolution. Er reist in die Niederlande, nach England, Deutschland, und auch in die Schweiz. Er schreibt und spricht Gedichte, Essays und Theaterstücke in französischer, englischer und italienischer Sprache. Er nennt sich Monsieur de Voltaire, sucht den Affront mit den Herrschenden, verbreitet Gerüchte über Ludwig den XIV., über den Inzest von Philippe d'Orleans mit seiner Tochter Marie-Louise d'Orleans. Er wird verbannt, schreibt eine Satire über die Herzogin von Berry. Und endet in der Bastille. Gönner helfen ihm, nach den schockierenden „lettres philosophiques", 1734 bei Émilie de Châtelet, einer intellektuellen Naturforscherin und Mathematikerin, in ihrem Schlösschen in der Champagne unterzuschlüpfen. Cirey sur Blaise, ein heruntergekommenes Schloss in einem heruntergekommenen Park, mitten in der Champagne.

La Marquise de Châtelet ist eine kluge, sehr kluge Frau. Und verheiratet. Die beiden verlieben sich, und es gibt ein Abkommen zwischen dem Marquis de Châtelet und Voltaire: »Er renoviere das Schloss und den Park. Dafür bekomme Er sie, la Marquise, auf Zeit.«, sagt der gehörnte Ehemann.

Voltaire bleibt in Cirey-sur-Blaise für zehn Jahre, bis zum Tod seiner Maitresse, und renoviert in dieser Zeit das Anwesen.

Voltaire klopft ungeduldig mit den Fingern auf die Intarsien seines Arbeitstisches.

»Die Arbeiten sind fertig, Madame, wollen Sie das Theater besichtigen?« Voltaire hatte mit seinem Adlatus, einem jungen Wirrkopf, den man in vieler Hinsicht zügeln muss wie seinen Herrn, endlich das kleine Theater auf dem großzügigen Dachboden fertiggestellt.

Voltaire wirft einen zärtlichen Blick auf seine Maitresse. Sie versteht ihn. Versteht, wie er dem Probelauf seines neuen Theaterstücks entgegenfiebert. Dass er wissen will, wie es beim einfachen Volk ankommen wird. Wie es seine Spitzfindigkeiten, die unterschwelligen Anklagen verstehen würde.

»Mon cher Françis «, nur sie darf ihn so nennen, »ich bin entzückt, Ihre Aufführung im Schloss zu sehen.«

Voltaire hatte Bauern, Kinder, Dorfschullehrer, Handwerker und sogar einen Priester bestochen, sein neuestes Stück auf die Bühne zu bringen. Sie nahmen das Geld bereitwillig, auch wenn die Talente oftmals zu wünschen übrigließen.

Unter dem weitläufigen Dach des Schlösschens hatte er das moderne Theaterchen mit allen technischen Möglichkeiten seiner Zeit und einen Saal für das dörfliche Publikum geschaffen.

Er war bereit, die Texte saßen, die Musikkapelle hatte geprobt, die Dekoration war gegen einen Aufpreis rechtzeitig fertiggestellt. Und das Resultat konnte sich sehen lassen.

»Madame, morgen Abend möchte ich Ihr Urteil, Ihre Empfindungen über mein neues Stück hören.« Er gibt viel auf ihr Urteil, will aber auch wissen, ob das einfache Volk seine Gedanken versteht, sie nach außen tragen würde. Seine Nerven sind bis zum Reißen angespannt.

Er seufzt tief auf. Er weiß, dass er mit diesem Stück wieder fliehen muss. Aus dem sicheren Kokon seiner Maitresse in die intellektuell denkende Freiheit großer Städte wie Brüssel oder in ein offen denkendes Land wie Holland.

Er ist erregt und reißt sich die Spitzenmanschetten von den Ärmeln, ohne dass er auch nur einen Gedanken daran verschenkt oder es bemerken würde.

Premiere.

Die Bauerntölpel sitzen in ihrer einfachen Baumwollkleidung, die klobigen Holzpantinen an den Füßen, in dem kleinen Theatersaal. Zwei, drei Freunde hatten sich heimlich auf den beschwerlichen Weg mit der Kutsche von Paris bis in den mittleren Osten der Champagne aufgemacht, um wenigstens etwas intellektuelles Urteilsvermögen in diese primitive Provinz zu bringen.

Er ist nervös und gibt Anweisungen hinter der Bühne. Dann setzt er sich in die Loge. Der Vorhang hebt sich.

Es ist vorbei. Donnernder Applaus kommt vom Publikum. Es hatte verstanden.

Danach sitzt er mit seinen Freunden und Madame la Marquise im Gelben Salon.

»Sie werden Schwierigkeiten bekommen, mon cher ami.«. Émilie schaut ihren Geliebten zärtlich an: » Sie werden Schwierigkeiten bekommen, wie immer. Aber das wollen Sie ja auch. Werden Sie ein Theater finden, das Ihr Stück spielen wird?«

Damit hatte er keine Probleme, notfalls würden die ersten Aufführungen eben im Ausland aufgeführt. Wie immer. Auf Friedrich II. von Preußen war stets Verlass, der würde ihn unterstützen.

Er betrachtet nachdenklich die perlende Flüssigkeit in seinem Glas, und plötzlich hat er die Gewissheit, dass seine Werke - so wie die schimmernden Perlen in der Champagnerschale - ihn und seine Zeit überdauern würden.

42. Die nasse Champagne

Wir schreiben das Jahr 1814. Die letzten Bauernkriege toben in Frankreich. Es ist Winter. Russische und preußische Armeen überfluten das Land. Napoleon entscheidet sich, das Volk in der Champagne zu befreien und erreicht im Januar die Stadt Saint Dizier. Er will mit seiner Armee nach Brienne-le-Chateau marschieren. Das Wetter ist grauenvoll. Kalt, nass, unfreundlich. Wie die ganze Gegend. Die Männer versinken knöcheltief im Morast. Bei Moëslains macht seine erschöpfte Armee Rast.

»Lass' Er die Zelte aufstellen, die Unterkünfte aufbauen, die Tenderinnen auffahren, und die Huren kommen.« Napoleon gibt Befehle, will seine Männer bei Laune halten.

Seine Laune ist schlecht, denkbar schlecht.

Aber er spricht zum Volk. Zu seinem Volk. Will es überzeugen durchzuhalten. Sie stehen vor ihm, in Lumpen gekleidet, mit Forken und Knüppeln in den Händen und klobigen Holzschuhen an den Füßen. Sie hören ihm zu. Manche andächtig mit offenen Mündern, andere voller Wut und Zorn. Bei strömendem Regen, in der Kälte und mit den Füßen im Matsch.

Auch Napoleon steht im Morast. Wir befinden uns in der Champagne humide. Unterirdische und oberirdische Flüsse durchziehen diesen Landstrich wie gekrallte Finger einer Hand.

Da löst sich eine junge Frau aus der Menge: »Vive l'Empereur! Vive Napoleon!« Sie ruft es laut in die Menge. Sie ist ein Mädchen aus dem Dorf, sie ist den meisten bekannt. Und sie hat den herausgerissenen Fensterladen aus dem Haus ihres Vaters in den Händen.

Sie knickst vor dem Kaiser, schaut ihn voller Ehrfurcht nicht ins Gesicht und schiebt ihm das einfache Stück Holz, den Fensterladen, unter die Füße. Sie will nicht, dass Napoleon, ihr Retter, der Retter aller Franzosen, im Matsch steht.

Heute steht an der Brücke, die den Namen Napoleons trägt, in Moëslains am Lac-du-Der Chantecoq, eine Stele, die an das tapfere, junge Mädchen aus dem Dorf erinnert.

43. Junggesellinnenabschied

Mitten im August trugen sie Schwarz. Die fünf besten Freundinnen. Und eine von der Schulter bis zur Hüfte reichende grellrosa Schärpe. Darauf waren der Name der Braut und das Hochzeitsdatum gedruckt.

Am 11. September würde sie ihm ihr Ja-Wort geben und endlich Alexanders Namen tragen dürfen.

Doch davor stand der Junggesellinnenabschied.

Man hat ja schon viel gesehen: Skurriles, Mutiges, Lustiges, Lächerliches und Peinliches, en détail und en gros. Vom Besuch einer muskulösen Boy-Show mit Ringelpietz und Anfassen bis zur ruinösen Wassertaufe des Brautkleides. Von einer Entführung der Braut bis zu Knallfröschen im künftigen Ehebett. Die Freundinnen und Freunde ließen sich immer wieder gerne was einfallen.

Die fünf besten Freundinnen hatten sich etwas Besonderes ausgedacht, sie inszenierten den Junggesellinnenabschied auf ihre ganz eigene Art.

Man setzte ihr ein Strasskrönchen aufs Haupt und nestelte ständig an der grellrosa Krawatte. Sie fummelten und rückten so lange herum, bis nach ihrer Meinung alles richtig saß.

»So, jetzt bist du fertig. Es kann losgehen.«

Noch ein prüfender Blick, dann drückten sie ihr einen DIN-A4 Bogen in die Hand.

»Du musst dir die Aufgaben gut durchlesen. Und du hast einen vorgegebenen Zeitplan. Wir beobachten dich, wir fotografieren dich, wir filmen dich. Du kannst nicht mogeln! Und nur mit einem Beleg ist die Aufgabe auch richtig gelöst.«

Die gestresste Bald-Ehefrau las stirnrunzelnd das Geschriebene.

»Das ist nicht euer Ernst, oder?«

Doch alle nickten.

Aufgabe 1:

Mitten auf der Kaiserstraße, dem horizontalen Zentrum von Frankfurt am Main, sollte sie einen glatzköpfigen Mann ansprechen und ihm einen Schmatz auf die fliehende Stirn, sprich dem Haupt ohne Haupthaar, drücken.

Nun gut, dachte sie, das müsste zu lösen sein. Sie musterte die athletischen Türsteher eindeutiger Etablissements und nahm davon Abstand, ihre glattrasierten Köpfe zu küssen. Sie suchte ihr Opfer auf der Straße.

»Entschuldigen Sie bitte, ich feiere meinen Junggesellinnenabschied und suche …«

Der junge Mann floh. Er musste schon Ähnliches erlebt haben.

Sie versuchte es auf eine andere Tour: » Hätten Sie etwas dagegen, wenn ich sie auf Ihre Glatze küsse?«

Der junge Mann funkelte sie an: «Was fällt Ihnen ein? Ich habe keine Glatze!»

Brennende Röte überzog ihr Gesicht.

Beim dritten Versuch klappte es, und die weibliche Entourage machte ein Foto von ihr und dem älteren Herrn, der sich ohne Haupthaar, dafür mit langem Wallebart, mit größtem Vergnügen zur Verfügung stellte.

Haken dran.

Aufgabe 2:

Mitten auf der Zeil, der belebten und beliebten Einkaufsmeile von Frankfurt, sollte sie ein Paar Socken verkaufen. Nicht irgendwelche Socken. Nein, dieses Paar Socken hatte Größe 46, will heißen, war von maskuliner Art. In einem brüllenden Azalee-Rot mit weißen Punkten und dem Logo „Kiss me" verziert. Wir wollen es kurz machen, die zukünftige Ehefrau verhökerte die Socken für 1 Euro nach dem fünften Versuch.

Aufgabe 3:

In der vornehmen Goethestraße empörte sich das Publikum mit bissigen Kommentaren, als sie mit einem Megafon lauthals erklärte, warum sie Alexander liebe und wie er um ihre Hand angehalten hatte. Es interessierte keinen Menschen, aber die Videoaufnahme lief auf den Handys ihrer besten Freundinnen, und damit war die Aufgabe gelöst.

Kniffelig wurde es bei Aufgabe 4:

»Entschuldigen Sie bitte, aber heißen Sie zufällig Alexander?«

»Das geht sie einen feuchten Kehricht an.«

Wo er Recht hatte, hatte er Recht.

»Entschuldigen Sie bitte, aber heißen Sie zufällig Alexander?«

»Nein, ich heiße Klaus, und Sie?«

Ein Satz mit x, das war auch nix.

»Entschuldigen Sie bitte, aber heißen Sie zufällig Alexander?«

»Nöö, aber mein Freund heißt so. Warum?«

Es brachte zwar nichts, aber sie erklärte es ihm. Der Mann schaute sie an, dann lachte er aus vollem Herzen.

»Ihnen kann geholfen werden, einen Augenblick, bitte.«

Er tippelte auf seinem Handy rum und erklärte seinem Telefonpartner, immer noch lachend, die Situation.

»Alexander kommt gleich. Er wohnt hier um die Ecke. Und er findet den Einfall einfach klasse.«

Alexander Nummer 2 kam um die Ecke, ließ seinen Vornamen auf dem Ausweis und sich mit der gestressten Braut fotografieren, und lachte sich dabei halb schepp (für Nicht-Frankfurter: „halb krumm").

Aufgabe 4:

Vor der Alten Oper sollte sie einen wildfremden Mann auffordern, mit ihr einen Walzer zu tanzen. Sie hatte Glück. Gleich drei Jungs in Bankerklamotten, auf dem Weg zur Mittagspause, boten ihre Dienste an. Sie nahm alle drei und walzte mit ihnen auf dem Platz vor den Stufen der Alten Oper.

Aufgabe 5:

Als die Mädels sie am Bahnhof absetzten, ahnte sie noch nichts von ihrer nächsten Aufgabe. Auf der Liste stand nur: Stell dich auf das Podest am Bahnkopf von Gleis 19, setze den größten Hut auf, den du hast. Erst dann öffne den Umschlag mit den Anweisungen - und action!

Die Mädels hatten ihr vor dem Gleiskopf eine Art Podest hingestellt. Sie stellte sich auf das Ding, stülpte sich den Hut über und riss den Umschlag auf. Ein Notenblatt flatterte heraus. Darauf stand: Singe laut die Habanera-Arie aus der Oper Carmen.

Plötzlich schallte auf dem Gleis aus einem Kassettenrecorder die Habanera in flottem Tempo.

»Sing!«

Die Mädels waren nicht weit.

»Das könnt ihr nicht machen! Ich kann weder Spanisch noch Noten lesen.«

»Aber du kannst die Worte lesen und du kannst die Musik hören. Sing! Du hast noch eine Minute bis zu deinem Einsatz.«

Es klang grässlich. Einfach grauenvoll. Sie schwitzte, verhaspelte sich mit den ungewohnten Worten, war zu langsam und holte nicht mit der Melodie auf. Sie griff sich aufgeregt in die Haare. Ihr großer Hut flog auf den Bahnsteig.

Ein Zuggast schmiss einen Euro in den umgestülpten Hut. Er forderte die neugierig gaffende Menge auf:

»Schmeißen Sie ihr, um Gottes Willen, ein paar Euro rein, damit Sie endlich aufhört.«

Und die Leute taten es wahrhaftig.

Ein Bahnbeamter bahnte sich seinen Weg durch die Menge.

»Aufhören! So hören Sie doch endlich auf! Oder soll ich die Polizei rufen?«

Das war gar nicht notwendig.

Zwei uniformierte Beamte waren schon da und wiederholten die Worte des Bahnbeamten.

»Sie sollen aufhören! So hören Sie doch endlich auf! Haben Sie überhaupt eine Genehmigung?«

Es brauchte eine Weile, die Beamten davon zu überzeugen, dass sie diesen Auftritt nicht kommerziell nutzen wollte und das Ganze nur ein Jux war.

Die Beamten hatten für ihr Dilemma letztendlich doch noch ein Einsehen und sie durfte sogar die 7,50 Euro aus dem Hut behalten.

44. Geschüttelt, nicht gerührt

Ihr Sachbearbeiter von der Sparkasse hatte ihr geraten, einen Nebenjob anzunehmen. Ihr Konto war so blank wie die Glatze ihres Bankberaters.

Sie hatte Glück und konnte als Springer in einem renommierten Vier-Sterne-Hotel als Vertretung anfangen: Porters Desk, Room Service, Rezeption. Wo immer Not am Mann war, wurde sie eingesetzt. Und sie lernte schnell.

Der Hotelmanager kam am späten Nachmittag aufgekratzt zu ihr an die Rezeption: »Gitti, übergeben Sie an Ulla, ich muss mit Ihnen reden.«

Oh nein, nicht schon wieder. Wenn Herr Reismann ihr so kam, hatte er garantiert eine Zusatzaufgabe für sie im Sinn. Ihr flog jetzt schon die Zeit um die Ohren.

Sie gingen in die Hotelbar. Timo, der italienische Barmann und Elmer, sein finnischer Stellvertreter, waren auch schon da.

Zwei Hotelgäste saßen einsam an Tischen am Fenster. Der Ansturm kam erfahrungsgemäß erst in ein paar Stunden.

Der Hotelmanager rieb sich den linken Daumen und meinte: »Gleich kommt mein absoluter Knaller ins Hotel.«

Gitti, Timo und Elmer schauten sich an. Der letzte Knaller ihres Chefs war ein chinesischer Kaffeeautomat, der bei der zweiten Tasse explodierte. Davor verschreckte er die Hotelgäste mit einem vollautomatischen Schuhputz-Boy aus Taiwan, der helle Lederschuhe mit schwarzer Schuhcreme einschmierte. Herr Reismann hatte unbestritten ein Faible für günstig eingekaufte Technik aus dem Fernen Osten. Sie waren sehr gespannt.

Ein kleiner Japaner kam mit einem weißen Etwas im Schlepptau durch die offene Glastür. Das Personal und die Gäste schauten entgeistert auf dieses kleine Wesen, das mit eckigen Bewegungen dem Japaner folgte.

»Darf ich vorstellen? Das ist der neue Assistent von euch beiden«, Herr Reismann schaute Timo und Elmer erwartungsvoll an.

Die konnten nicht fassen, was sie da sahen. Das weiße Ding hatte eine silberne Servierplatte mit hohem Rand an der angewinkelten linken Hand festgeschraubt und verbeugte sich höflich nach allen Seiten. Es begrüßte den Hotelmanager auf Deutsch, Timo auf Italienisch und Elmer in perfektem Finnisch.

Der Japaner stellte sich und das ulkige Wesen vor:

»I am Mr. Takahashi and this is Mr. Shaker. Mr. Shaker has an A-level in food and beverage and speaks any language you want.«

Der kleine Japaner verbeugte sich tief und drückte auf ein paar Knöpfe an einer Fernbedienung.

Der Roboter steuerte die beiden Tische am Fenster an. Die Gäste waren zuerst verunsichert, lachten aber bald fröhlich mit dem weißen Ding aus Plastik, Stahl und Elektronik. Mr. Shaker kam zurück und wackelte schnurstracks an den Bartresen.

»Eine Latte Macchiato für Tisch drei und einen Cognac für Tisch fünf«, meldete er auf Italienisch an Timo. Dann drehte sich der Roboter zu den anderen um und fragte: »Wünschen Sie eine Übersetzung?«

Herr Takahashi erklärte, dass Mr. Shaker Bestellungen aufnehmen, weiterleiten und abkassieren könne. In allen Sprachen, die man ihm per Fernbedienung programmiere.

Timo beeilte sich, die Wünsche der Gäste zu erfüllen und stellte die Getränke mit den Kassenbons auf die stählerne Servierplatte von Mr. Shaker. Elmer schaute nur noch staunend zu.

Herr Reismann sprach die beiden Barkeeper direkt an: »Wir haben morgen eine Pressekonferenz, und ich möchte, dass Sie dabei sind«, dann drehte er sich zu Gitti um, »und Sie auch.«

Herr Takahashi verbeugte sich und verteilte Betriebsanleitungen.

Gitti meldete sich zaghaft. »Wieso ich, Herr Reismann?« Sie sah keinen Sinn in ihrer Anwesenheit.

Ihr Boss klärte sie auf: Bei der Presse mache sich eine Frau immer gut, und außerdem könnte es ja sein, dass man sie einmal als Vertretung brauchen könne.

Dem war nichts hinzuzufügen.

Mr. Shaker verbeugte sich vor ihr: »Sehr erfreut, Sie kennenzulernen, Miss Gitti. Ich freue mich auf unsere Zusammenarbeit.«

Die blecherne Stimme des Roboters wurde von einem sanften Augenaufschlag aus tiefschwarzen Glubschaugen begleitet. Er fand offensichtlich Gefallen an ihr.

Das Zeitalter der Künstlichen Intelligenz hatte das Hotelgewerbe erreicht.

Die Wochen vergingen. Gitti hatte Urlaubsvertretung in der Bar. Timo war in Italien, Elmer hatte seinen freien Tag.

Es war den ganzen Tag schon unerträglich schwül und heiß gewesen. Schwarze Wolken rieben sich mit schwefelgelben Schwaden am dumpfgrauen Himmel. Die Atmosphäre war aufgeladen, wie auch die Gäste, die meist grundlos über das Personal nörgelten.

Herr Reismann zupfte immer wieder an seinem linken Daumen.

Ausgerechnet diese Managerzicke Bitsche, mit Abstand der unangenehmste Gast im Hotel, tauchte mit ein paar Presseleuten auf und wollte die Marmortische an den Fenstern belegen. Dazu mussten die Tische zusammengerückt werden. Eine Arbeit, die Gitti alleine nicht schaffte und für die Mr. Shaker auch nicht zu gebrauchen war.

Frau Bitsche hatte ungefähr zehn Presseleute ange-
schleppt und wollte die beliebte Fensterfront komplett
mit ihren Journalisten belagern. Gitti bot ihr den Kleinen
Konferenzraum an, aber die Eventmanagerin wollte
nicht von ihrer Forderung abgehen.

»Wenn Sie nicht in der Lage sind, Ihren Job ordentlich
zu erledigen, werde ich mich bei Ihrem Vorgesetzten beschweren«, blaffte sie, »und verlassen Sie sich darauf,
Ihr Hotel wird in der Presse dabei nicht gut wegkom-
men.«

Mr. Shaker beobachtete die Szene interessiert.

Ein krachender Donner ließ alle zusammenfahren, gefolgt von einem giftgelben Blitz. Das Gewitter hing direkt über dem Hotel.

Tische wurden gerückt, Stühle geschoben. Jetzt fing
diese Managerzicke auch noch an, sich über die Hektik
und den Lärm zu beschweren.

Als gerade alles fertig war, als schon weitere Gäste in
die Bar kamen, winkte die Managerin Mr. Shaker ungeduldig bei, noch bevor die Zeitungsschreiber an den Tischen Platz genommen hatten. Mr. Shaker fragte artig
nach ihren Wünschen und schäkerte sogar mit ihr, womit
die Frau völlig überfordert war. Das wiederum amüsierte
die Presseleute. Der kleine Roboter hatte die gesamte
Journaille innerhalb kürzester Zeit um den Finger gewi-
ckelt.

Ein leises Sirren zog durch die Luft. Plötzlich war für einen kurzen Moment eine überirdische Stille im Raum, gefolgt von einem infernalisch lauten Knall.

Mr. Shaker sprühte kurz Funken und seine Arme und Beine zuckten unkoordiniert. Danach setzte er diszipliniert seine Arbeit fort.

Herr Reismann kam besorgt vom Foyer und rieb sich den linken Daumen. »Alles in Ordnung, Gitti? Brauchen Sie Hilfe? Gitti, warum sind die Presseleute nicht im Konferenzsaal? Was machen die hier? Die bringen unseren ganzen Betrieb durcheinander. «

Gitti zuckte mit den Schultern und erklärte ihm die Sachlage. Herr Reismann schnaubte leise: »Diese Zicke nörgelt und hackt schon den ganzen Tag auf uns rum und macht schlechte Stimmung. In der Hölle soll sie schmoren!«

Mr. Shaker stand am Tresen, drehte sich zu Herrn Reismann um und fragte leise: »Möchten Sie, dass ich das übersetze?«

Herr Reismann winkte ab.

Gitti glotzte auf die Fernbedienung, dann auf den Roboter. Da stimmte was nicht.

Die Bar füllte sich zusehends. Die Hotelgäste flüchteten ins Restaurant oder in die Bar, keiner wollte bei dem Wetter alleine in seinem Zimmer sitzen.

Der Roboter streckte Gitti seinen stählernen Tablettarm mit den leeren Gläsern entgegen. »Zwei Cuba Libre, einen Mojito, einen Caipirinha mit Gin, drei Touch Down, einen Kamikaze, drei Mal Wodka, bitte.«

Mr. Shaker und Gitti waren inzwischen ein eingespieltes Team. Noch während er die Zutaten aufzählte, hatte sie schon den Shaker in der Hand, maß ab und schüttelte und mixte, was das Zeug hielt. Sie belud Mr. Shakers schweres Tablett.

Wieder grollte ein Donner über dem Hotel, knallte in den Hades Orkus, gefolgt von mehreren Blitzen. Es roch nach Schwefel; irgendwo in der Nähe musste es eingeschlagen haben. Eine Abfolge krachender Donner barst über den Köpfen. Ein greller Blitz zuckte, dann eine ganze Reihe gleisender Blitze hintereinander.

Mr. Shaker sprühte Funken. Die Gäste sprangen auf, ein paar Damen kreischten erschrocken.

Herr Reismann beruhigte die aufgeschreckten Hotelgäste. »Alles gut, bitte nicht aufregen, wir haben Blitzableiter«, er grinste schief, »und sind gut versichert.«

Mr. Shaker gab ein kurzes metallisches Ping von sich und ging mit den Drinks an den Pressetisch.

»Zwei Cuba Libre, einen Mojito, einen Caipirinha mit Gin, drei Touch Down, einen Kamikaze, drei Mal Wodka. Bitte sehr, die Dame, die Herrschaften.«

Er verbeugte sich formvollendet und begann erneut mit einigen Journalisten zu schäkern. Bald lachte der ganze Tisch.

Die bereits angesäuselte Frau Bitsche stichelte. »Ach Mr. Shaker, da habe ich wohl was falsch verstanden und Ihren Namen die ganze Zeit falsch ausgesprochen, wie? Hätte ich vielleicht Mr. Schäkerer sagen sollen?«

Frau Bitsche hatte wohl in ihrem Zimmer schon dem Alkohol kräftig zugesprochen. Bei jedem ihrer Worte stieß sie mit spitzem Finger dem kleinen Roboter auf die helle Brust.

Ihr war plötzlich heiß geworden, die vielen Drinks hatten nicht nur ihr Gemüt in Wallung gebracht. Sie riss die Flügeltür zur Terrasse weit auf, dann platzte es aus ihr heraus: »Sie sind doch vom anderen Ufer, oder? Sie stehen doch auf Männer, stimmt's? Und wie funktioniert sowas überhaupt bei einem Haufen Blech, hä?«

Ihre Stimme fing an zu kippen und übertönte die Bargeräusche, sogar das anrollende Donnergrollen.

Wie würde Mr. Shaker auf so einen Affront reagieren? Er gehörte schließlich zu einer fortschrittlich entwickelten Sorte von Künstlicher Intelligenz. Können Roboter beleidigt sein?

Mr. Shaker verbeugte sich in Richtung Frau Bitsche: »Gestatten Sie, dass ich Ihnen die passende Antwort gebe?« Er griff nach ihrem Drink und schüttete ihn ihr genüsslich auf den hochwertigen Pullover. Der Grenadinesirup, der Maracujasaft, der Apricot Brandy und der

162

hochprozentige Wodka ergossen sich über ihren teuren Designerpullover.

Die Managerin sprang auf und verpasste Mr. Shaker eine schallende Ohrfeige, die der Roboter mit blechernem Gelächter quittierte.

Wieder knallte ein Donner, gefolgt von einem grellgelben Blitz, an den hohen Kastanienbäumen vorbei, durch die offene Flügeltür auf... oh nein, auf Mr. Shaker. Der sprühte für einen kurzen Moment Funken wie ein brennender Weihnachtsbaum.

Gitti schaute sich hilfesuchend um, suchte nach Herrn Reismann, aber der war weg.

Dafür wälzte sich seine Ehefrau mit ihrem hochschwangeren Bauch in die Bar, kam auf sie zu und blaffte sie an. »Was ist hier los? Haben Sie denn gar nichts mehr im Griff? Das hat man davon, wenn man ungelerntes Personal einstellt. Sie sind entlassen!«

Dann fauchte sie Mr. Shaker an: »Und Sie auch, Sie unnütze Kreatur. Ein Haufen Blech und Drähte hat in meinem Hotel nichts zu suchen. Ich will Sie beide hier nicht mehr sehen!«

Gitti machte den Abgang, verschwand hinter dem Bartresen und murmelte: »So eine blöde Ziege, so eine blöde. Hat nichts zu melden und schikaniert jeden bei sich mur jeder bietenden Gelegenheit. Man sollte ihr den Hals umdrehen.«

Sie hatte die Worte nur ganz leise vor sich hingesprochen, doch Mr. Shaker hatte sie gehört. Er tippte ihr auf die Schulter: »Soll ich das für Sie übersetzen?«

Gitti schüttelte entnervt den Kopf. Heute waren alle irgendwie schräg drauf.

Der Roboter war mehr als schräg drauf. Er stürmte plötzlich auf die Direktionsgattin zu und stieß die Arme vor. Das festgeschraubte Serviertablett krachte auf den Kopf von Frau Reismann, die den Roboter entgeistert anbrüllte: »Was erlaubst du dir, du elender Akku?«

Das ließ Mr. Shaker nicht auf sich sitzen. Er hatte Gefühle, er hatte eine Ehre, aber offensichtlich auch einen Kurzschluss. Immer wieder knallte er ihr das stählerne Tablett auf den Kopf, bis sie schließlich blutüberströmt zusammenbrach.

Der Maschinenmensch tobte durch die Hotelbar, fegte alle Gläser von den Tischen, kippte die Stühle um und begrub schließlich Frau Reismann unter einem Berg von Chips, Erdnüsschen und Salzstangen. Frau Reismann lag blutüberströmt auf dem Boden und tat keinen Mucks mehr.

Die Gäste aus der Hotelbar hatten sich laut schreiend in die Lobby geflüchtet.

Mr. Shaker glimmte still vor sich hin, bis er mit einem leisen Röcheln nur noch ein Häufchen stinkendes, geschmolzenes Plastik mit Stahlgerippe und verkohlten Drähten war.

164

Herr Reismann stürmte in die Hotelbar und starrte entsetzt auf seine Frau. Hilflos rieb er sich den linken Daumen und rang verzweifelt die Hände.

Gitti rief den Krankenwagen. Der kam völlig umsonst.

Dann kam die Kripo. Die Beamten beschlagnahmten ein Hotelzimmer und verhörten alle Mitarbeiter. Ein Mörder aus Kunststoff, Blech und Elektronik kam nicht alle Tage in ihrer Laufbahn vor. Und es galt zu klären, inwieweit man eine japanische KI-Firma in die Verantwortung eines vom Blitz getroffenen Roboters ziehen kann.

Sie hatten offensichtlich ein Problem.

45. Auf ewig jung

Wir Frauen schmieren uns im Leben eine Menge Dinge ins Gesicht.

Das fängt schon sehr früh an. Mit Babyöl.

Ab der Pubertät sind es Cremes, Pülverchen und Co. gegen Unreinheiten und Pickel.

Danach gehts erst richtig los. Zuerst nicht so sehr mit der Pflege, da liegt das Augenmerk mehr auf dem dekorativen Teil. Teintfondation, Puder, Rouge, Lidstrich, Wimperntusche, ersatzweise falsche Wimpern, Lippenstift. Das volle Programm.

Später gehen wir Damen eher in Richtung Pflege. Da wird in fortgeschrittenem Alter mehr und mehr gecremt, gegelt, gesalbt. Kein Produkt ist uns unbekannt, der Werbung sei Dank, kein Produkt zu teuer.

Arganöl, gemahlene Kaffeebohnen, Sheabutter, Auberginenextrakt, Aloeglibber, Kaviarperlen. Die Zutaten würden sich auch gut auf einem Teller der Haute Cuisine machen. Die Kosmetikindustrie bedient sich schamlos, von allem und von jedem. Und verkauft uns das als das non plus ultra der modernen Wissenschaft.

Und jetzt sogar Schneckenschleim in hochwertigen Tages- und Nachtcremes. Dieses eklige Geschmiere, das wir auf unseren Terrassen, in unsren Blumenkübeln, auf unseren Gemüsepflanzen bekämpfen, landet nun in unseren Gesichtern.

Na denn, Prost Mahlzeit, meine Damen!

46. Weinlese

Ich habe in meiner Jugend fast zwei Jahre in Frankreich gelebt. Zuerst in Bourges, später in Paris.

Bourges ist eine kleine Universitätsstadt mit 65.000 Einwohnern im Departement Cher. In meiner Erinnerung ein gemütliches Städtchen, aber da wollte ich nicht hin. Vor allen Dingen nicht bleiben. Aber Bourges war für mich das Eintrittstor ins pralle, französische Leben. Mein Vater hatte in diesem Städtchen einen französischen Dozenten zum Freund, der für mich die Strippen zog. Durch ihn war es möglich, dass ich mich in die Ecole des Beaux Art für den Studiengang Arts et Lettres einschreiben konnte

Aber da blieb ich nicht lange. Ich wollte in die Metropole. Und das machte ich auch.

Davor wollte ich aber noch unbedingt eine Weinlese mitmachen.

Im Menetou-Salon, dem Val de Loire, werden die Sorten Sauvignon Blanc für die Weißweine und der Pinot Noir für den Rotwein angebaut.

In dem Jahr war die Weinlese besonders früh. Mindestens drei Wochen früher als sonst. Das Frühjahr war warm, der Sommer heiß gewesen. Seit Tagen standen Anzeigen in den Zeitungen.

Ich fand einen Winzer, der nur wenige Kilometer entfernt Erntehelfer ohne Übernachtung, aber mit Verpfle-
gungsangebot suchte.

»Haben Sie schon einmal in einem Weinberg gearbeitet,
Mademoiselle?«

»Nein, aber ich habe schon Heu eingefahren und bei der
Erdbeerernte geholfen.«

Ich hielt wohlweislich meinen Mund, die übel zerkratz-
ten Arme und die offenen Blasen an den Händen bei der
Heuernte preiszugeben, und dass ich bei der Erdbeerernte mehr Erdbeeren in mir als in den Steigen hatte.

Ich bekam den Job.

Im gekiesten Hofplatz standen mindestens 60 Leute. Die
eine Hälfte waren junge Menschen, darunter viele Studenten und ausländische Hilfskräfte. Die andere Hälfte
waren von Wind und Wetter gegerbte ältere Semester,
Frauen und Männer mit Erfahrung. Ich mittendrin.

Ein zähes, kleines Männchen mit Baskenmütze musterte
mich von oben bis unten. »Du gehst mit Trupp 3«, dabei
schob er den kalten Zigarettenstummel zwischen seinen
Lippen von links nach rechts, »und vergiss die Handschuhe nicht.«

Äh, wo ist Trupp 3? Und was für Handschuhe? Eine
Mütze hatte ich dabei, aber an Handschuhe hatte ich
nicht gedacht. Er schubste mich zu einer Gruppe, die lachend und schwatzend neben einem Brunnen stand.

»Ich bin Yvette, deine Gruppentante. Hast du schon mal?«

Ich schüttelte verneinend den Kopf. Yvette hatte sowas wie Mitleid im Blick, als sie mich von oben bis unten taxierte. Okay, ich hatte meine ältesten Jeans an, ein T-Shirt, das schon bessere Tage gesehen hatte, aber ich wollte ja auch nicht zum Abschlussball meiner Tanzschule gehen.

»Wo sind deine Handschuhe?« Ich hatte keine und sagte es ihr. »Hallo Leute, schaut euch mal den Neuling hier an. Sie hat noch nie, und sie hat auch keine Handschuhe dabei. Was machen wir mit ihr?«

Die Meute fing an zu johlen und zu pfeifen, und ich sollte erst sehr viel später erfahren, warum. Yvette griff in eine Holzsteige und schmiss mir ein paar Handschuhe zu. So eklig grüne Dinger, halb Gumminoppen, halb Leinentextur. Den Typus kannte ich. Wenn man sie auszog, hatte man tagelang grüne Finger und grüne Fingernägel. Außerdem „bäh“, wer die schon alles an den Händen gehabt hatte! Nein, danke.

Um Neun griff ich dankbar zu den Handschuhen, nachdem mir Krystina, eine junge Polin, die offenen Blasen am Handballen und an den Fingern notdürftig mit Pflaster abgeklebt hatte. Der Schweiß lief mir inzwischen vom Nacken in den Allerwertesten und, das Allerschlimmste, von den Haaren in die Augen. Das ätzte heftig. Noch nie im Leben habe ich so geschwitzt. Die Sonne stand bereits hoch am Himmel, und die Eimerträger trieben uns lauthals zu immer größerer Eile.

Um Zehn gab es 20 Minuten Pause mit Wasser, Wein, Brot, Wurst und Käse. Ich brachte keinen Bissen runter. Hastig trank ich Wasser, mindestens zwei Flaschen. Dann musste ich mal. Es gab ein paar Büsche mit einem Graben und einer Schaufel. Muss ich den Rest erklären?

Danach erneut Maloche. In halb gebückter Stellung, einer sehr ungesunden Stellung, schnitt ich Traube um Traube vom Stiel, entfernte grob die Blätter, legte sie in den Eimer. Die Eimer wurden von starken, jungen Männern in große Kisten geleert, die Kisten landeten auf den Traktoren mit Anhängern. Akkordarbeit, Stunde um Stunde.

Die Sonne brannte unbarmherzig vom Himmel. Endlich war Mittagszeit. Ich taumelte zu dem Traktor, der uns auf einem Anhänger mit planer, offener Fläche und ohne Geländer, die holprigen Feldwege zurück auf den Hof karrte. Ich konnte kaum das Gleichgewicht halten und klammerte mich haltsuchend an meine Nachbarn.

Erschöpft setzte ich mich an einen langen Tisch mit harten Holzbänken, die in einer riesigen Scheune, in langen Reihen aufgestellt waren. Wenigstens war hier Schatten. Auf den Tischen standen Wasser und Wein. Dann kamen die dampfenden Schüsseln. Berge von Kartoffeln, Gemüse und Fleisch. Sehr schmackhaft, sehr nahrhaft und sehr fett. Nach zwei Bissen lies ich entkräftet die Gabel fallen. Ich konnte nicht mehr.

Wie ich nachhause fand, weiß ich nicht mehr. Wie ich in mein Bett fiel, weiß ich auch nicht mehr.

Um fünf Uhr klingelte der Wecker am Morgen. Jeden Tag, tagelang.

Nach und nach gewöhnte ich mich an die schwere Arbeit. Die neuen Handschuhe schützten meine Hände, mein Rücken passte sich der ungewohnten Haltung an, und ich wurde sogar schneller. Bald konnte ich mit Trupp 3 mithalten, und wir witzelten und lachten zwischen den Rebstöcken, um uns die Arbeit zu erleichtern. Am Schönsten waren die Pausen und die Mittagessen.

»Eh, Deutsche, es gibt heute ile flottante, willst du meine Portion?«

Ehrlich gesagt, sagten sie nicht Deutsche. Sie sagten „boche", und das ist nicht sehr höflich. Aber der Tonfall änderte sich mit der Zeit, und das boche klang mehr und mehr liebevoll.

Für ile flottante könnte ich einen Mord begehen, und das wusste die junge Polin auch. Dieser in Vanillesauce gebadete, gebackene Eischnee zergeht auf der Zunge.

Sie hakte nach: »Krieg ich dafür deine andouilette?«

Bitte sehr, sie hätte mir keinen größeren Gefallen tun können. Auch wenn ich bei Einladungen jedes Mal tapfer die Innereienwurst in Angriff nahm, schmiss ich nach zwei Scheiben entnervt die Brocken hin. Ich konnte mich weder an den Geruch, noch an den Geschmack gewöhnen. Es roch nach verbranntem Schweinestall, inklusive lebendiger Schweine. Nicht ums Verrecken, nein danke!

Um mich herum lehrten mich die schmatzenden Geräusche, dass ich die Einzige war, die diese Köstlichkeit verschmähte.

Für den letzten Tag war ein Fest geplant. Es wurde ein großes Geheimnis um das Unterhaltungsprogramm gemacht, und die Vorbereitungen wurden hinter vorgehaltener Hand getuschelt. Ich hatte keine Ahnung, dass ich ein Teil dieser Tuschelei war.

Die Tische bogen sich unter den Köstlichkeiten. Die Winzerfamilie hatte sich nicht lumpen lassen. Zwei Musiker spielten rustikale Unterhaltungsmusik mit Harmonium und Gitarre. Das Männchen mit Baskenmütze und Zigarettenstummel entpuppte sich als der Kellermeister und machte den Pausenclown. Er sagte die von den Erntehelfern vorgetragenen Programmpunkte mit viel Witz an.

Es war lustig, was sich die Meute ausgedacht hatte: Ratespiele, Liedervorträge, Witze, Tanzgruppen. Die junge Polin war eine gelenkige Akrobatin, die sich die Glieder verrenkte und Purzelbäume schlug.

»Und jetzt kommen wir zum Höhepunkt der Veranstaltung. Wie jedes Jahr taufen wir unsere Erstlinge.«

Ich hatte vom vielen Wein und den hitzigen Diskussionen schon rote Bäckchen bekommen, als mich mein Nachbar in die Seite stieß und um Aufmerksamkeit bat.

»Dieses Jahr haben wir nur einen einzigen Neuling dabei, und wir freuen uns sehr, dass unter uns eine Deutsche ist, die uns geholfen hat.«

Mir schwante Fürchterliches.

»Komm rauf auf die Bühne.«

Sechzig Gesichter drehten sich zu mir. Sechzig Münder verzogen sich zu einem breiten Grinsen. Sechzig Augenpaare folgten mir bis auf die grob gezimmerte Bühne. Dort stand das Baskenmützenmännchen neben einem großen, zugedeckten Monstrum.

»Du hast mit uns gearbeitet, du hast mit uns geschwitzt, du hast mit uns gegessen, und du hast mit uns getrunken. Im Namen von joies du vin und seinen Gehilfen taufen wir dich zur Traubenmagd auf unserem Hof.«

Wie aus dem Boden gestampft, standen ein paar kräftige Jungs rechts und links von mir und hievten mich in die inzwischen abgedeckte Tonne voller klebriger Weintrauben. Dem nicht genug, bewarfen mich die Mädels von Trupp 3, unter Anleitung von Yvette, zusätzlich noch mit breiigen Beeren. Die dicken Trauben flogen mir nur so um die Ohren. Oh, wie das pappte, wie das klebte! Bald stand ich in einem zähflüssigen Mus aus zerquetschten Trauben. Die Jungs hoben mich auch wieder raus, stellten mich auf die Füße und, Achtung, brausten mich mit einer Gießkanne sorgfältig ab. Da stand ich nun, pitschnass, an einigen Stellen noch immer klebrig, mit Trauben im strähnigen Haar.

»Jetzt darfst du stolz sein, getauft und zugehörig zu sein. Wir haben das alle durchgemacht und leben noch. Also los geht's, jetzt fängt die Feier erst richtig an.«

Yvette zerrte mich von der Bühne und tanzte mit mir einen inzwischen angestimmten Musette-Walzer. Abklatschen. Jedes männliche Wesen schwenkte mich herum bis mir schwindlig wurde.

Unnötig zu erwähnen, dass wir alle irgendwie, irgendwo zwischen Heuballen und Tonnen, zwischen Tischen und Bänken unseren Rausch bis in die frühen Morgenstunden ausschliefen.

47. Killerwal und Hirscharsch

Schulfranzösisch hat nichts, aber auch gar nichts mit der französischen Alltagssprache zu tun.

In einem meiner langen literarischen Arbeitssommer in meinem französischen Ferienhaus, las ich einen Zeitungsartikel, der mich vorab wegen der knackigen Überschrift ansprang: „Was hat es auf sich mit dem ganzen Zirkus um den Hirscharsch bei Orquevaux?"

Nun ist der Name des kleinen Dorfs Orquevaux für einen Nichtfranzosen an sich schon eine Herausforderung. „Orque" bedeutet Killerwal, „vaux" sind Täler.

Also gut, wir werden auf eine Sehenswürdigkeit im Tal der Killerwale aufmerksam gemacht.

Killerwale in der Champagne?

Die Champagne ist wegen ihrer vielen unterirdischen wie auch überirdischen Flüsse bekannt. Und wir lernen, in Urzeiten war das hier alles Meer. Wir sprechen von Zeiten vor unserer Zeitrechnung. Da gab es hier Killerwale und auch Täler. Meerestäler. Später auch Kalkberge und Kalktäler, der von Gott gegebene Ursprung, der dieses einzigartige Produkt namens Champagner hervorbringt.

Aber wir wollen uns nicht bei einem Luxusgetränk und einem seltsamen Ortsnamen aufhalten. Wir wollen das Geheimnis des Hirscharschs entschlüsseln.

Versteckt in einem dichten Eichenwald breitet sich eine Schlucht voller Kalkgeröll plötzlich vor uns auf. Eine seltene geologische Erscheinung, ein beeindruckender

Kalkbruch von 200 Metern Durchmesser, an die 75 Meter tief.

Selbst geübten Wanderern und Kletterern ist es abzuraten, auf eigene Faust die Schlucht von oben zu bezwingen. Es gibt sehr gute geführte Besichtigungen, auf denen man mit geübtem Auge die eine oder andere Versteinerung im Geröll finden kann.

Ich habe ein geübtes Auge und fand einen flachen Stein mit winzigen versteinerten Schnecken tief im Kalk eingegraben.

Aber den Hirscharsch, den habe ich trotz aller Bemühungen nicht entdecken können. Wie gesagt, Schulfranzösisch hat nichts, aber auch gar nichts mit dem Alltagsfranzösisch zu tun.

48. Seehofer

Seehofer war sauer. Sein Frauchen hatte schon wieder Überstunden geschoben und ihn sträflich vernachlässigt. So ein Papagei braucht Pflege, Unterhaltung und regelmäßig Wasser und Futter. Die Näpfe waren leer, der Käfig vollgeschissen.

Ihr Empfangskomitee begrüßte sie, mit den Flügeln flatternd, lauthals schimpfend: »Scheißdreeg, Scheißdreeg, Scheißdreeg. Gschlampat, wampat, deppade Drutschn, du.«

Das klang nicht gut.

Sie knallte die Tüten mit Seehofers Spezialfutter auf den Tisch und packte die Samen, die Beeren und, die neueste Empfehlung vom Zoogeschäft, eine Handvoll Nüsse oben drauf. Der Vogel hatte einen Appetit für drei und fraß ihr mit seinem ungezügelten Heißhunger die Haare vom Kopf.

»Du frisst wie ein Scheunendrescher, Seehofer. Ich komme mit dem Einkaufen nicht mehr nach und von den unangenehmen Folgeerscheinungen in deiner Behausung will ich gar nicht erst reden. Und wenn du nicht bald Deutsch mit mir redest, von mir aus auch Hessisch, dann wird das nix mehr mit uns beiden, das sag ich dir. Dann kommst du in die Suppe.«

Der Vogel plusterte sich auf: »Kinna dadi, oba meng dua i ned!«

»Ist ja schon gut, Seehofer. Tut mir echt leid, ich war im Stress, bin's immer noch. Aber das kannst du blöder Vogel ja nicht verstehn, oder?«

»Deifi, deifi, jo verreck!«

Sie öffnete den Käfig und kraulte Seehofers vermeintliche Ohren.

»Dieser Blödmann von meinem Chef meint, dass ich zu jeder Stunde, zu jeder Zeit, für ihn auf der Matte stehen muss.«

»Mia san olle Zipfelklatscha.«

Seehofer drehte und wendete den Kopf um 180 Grad und blinkerte mit den Augen.

»Seehofer, da hast du, glaube ich, was falsch verstanden. Aber wenn du weiterhin in Ambiguitäten sprichst, schicke ich dich in einen Alphabetisierungskurs, kapiert?«

»Schiab ma ins Greiz.«

Seehofer hatte nur sechs oder sieben Sätze drauf, aber irgendwie passten die immer.

Sie schaute sich den kleinen Vogel etwas näher an. Sie hatte den Papagei noch nie rausgelassen, obwohl ein bestimmter Pfiff angeblich genügen würde, so das Ehrenwort des Vorbesitzers, und der Vogel wäre wieder in seinem Käfig.

Heute wollte sie das ausprobieren.

Seehofer kletterte über die Gitterstäbe auf das Dach des Käfigs. Von dort auf ihre Schulter, weiter über ihren linken Arm, um sich mit gekrümmtem Krallenfuß auf einem ihrer Finger festzuhaken.

Sie hatte ein mulmiges Gefühl. Der Vogel hatte einen scharfen Schnabel, und es tat bestimmt weh, sollte er auf die Idee kommen, ihr einen Hieb zu verpassen. Außerdem krallte er sich an ihrem Finger fest, als gäbe es kein Morgen. Er wartete auf irgendetwas.

Was wollte der Vogel von ihr? Seine schwarzen Äugelein rollten unentwegt, dann stupste er seinen Kopf auf ihre rechte Hand. Immer wieder, bis sie ihn ausgiebig an den Ohren krabbelte. Sie hatte keine Ahnung, ob da wo sie Seehofer kraulte, auch seine Ohren waren. Aber was sie tat, schien ihm zu gefallen. Der bunte Vogel schielte vor Vergnügen, dann schloss er genüsslich die Augen und drehte den Kopf um 180 Grad. Typisch Seehofer halt.

Zum Dank kleckerte er ihr ein geruchsloses Würstchen auf den Rock.

Shit happens!

49. Ausflug in die Vergangenheit

Die Eisentür quietschte leise. Sie hätte sie gar nicht erst öffnen brauchen, die Friedhofsmauer war zusammengestürzt und hatte große Löcher in die ehemalige Umfriedung gerissen. Direkt neben der quietschenden Eisentür klaffte eine große Lücke. Die hellen Bruchsteine kollerten nach innen und nach außen auf die ungepflegten, mit trockenen Grasbüscheln übersäten Wege.

Die stark geschminkte Empfangsdame im Hotel hatte sie misstrauisch angesehen, als sie nach dem alten Friedhof fragte. Sie schaute sie nicht an, ihre harten, dunklen Augen huschten an ihr vorbei. »Was wollen Sie dort? Da gibt es nichts mehr zu sehen. Den gibt es nicht mehr.«

Sie blieb hartnäckig und verlangte nach einem Stadtplan.

Die Rezeptionistin kramte ein Exemplar unter dem Tresen hervor und übergab ihr den mit bunter Werbung bedruckten Flyer. Mitten in der Bewegung hielt sie plötzlich inne, schaute ihr mit diesem antrainierten, professionellen Blick in die Augen und schlug die Karte auf. Warum sie plötzlich ihre Gesinnung änderte? Wer weiß? Mit einem Kuli kennzeichnete sie zwei Stellen. »Das Hotel befindet sich hier.« Sie klopfte auf die Markierung mitten im Städtchen und fuhr mit dem Kuli weiter aus dem Ort zu einer Grünfläche mit einem Kreuz. »Das ist der städtische Friedhof und daneben«, wieder klopfte sie, diesmal auf eine helle, freie Stelle, »hier ist das, was Sie suchen.«

Neben dem christlichen Friedhof lag ödes Brachland. Ein schnurgerader Weg führte direkt zu dem Mausoleum am Ende des Friedhofs.

Rechts und links standen noch ein paar Grabsteine. Die meisten waren umgekippt und wurden durch hohe Grasbüschel und dornige Hecken versteckt. Nur der breite Kiesweg zu der großen Familiengruft war sauber von Unkraut befreit. Die Gruft aber war in sich zusammengefallen, und eine riesige Linde überschattete die Trümmer. Nichts deutete mehr auf die Geschichte einer einst geachteten Familiendynastie hin.

Jahrelang hatte ihre Mutter sich darum bemüht, sie davon zu überzeugen, dass sie wenigstens einmal in ihrem Leben die Heimat ihrer mütterlichen Vorfahren besuchen sollte. Aber sie hatte einfach keinen Bock auf Holocaust und langatmige Gespräche über Gräuel und Ungerechtigkeiten aus dem Dritten Reich.

Vor zwei Tagen jedoch hatte sie aus einer unerwarteten Gemütsregung heraus, spontan einen kleinen Mietwagen gebucht und war nach Franzensbad gefahren, der Heimat ihrer Ahnen.

Sie setzte sich auf einen Steinbrocken und betrachtete ihr ehemaliges Familiengrab. Hier waren viele ihrer Vorfahren begraben.

Ihre Mutter stammte aus einer gutbürgerlichen Familie, die seit Jahrhunderten Glashütten betrieben hatte. Sie waren angesehene Kaufmannsleute; klug, mit einem sicheren Instinkt fürs Geschäft. Ihre Urgroßmutter war das einzige Kind ihrer Generation und musste ein wahres Talent an Geschäftstüchtigkeit gewesen sein. Ihr Lebensweg und ihr Lebenswerk waren in diesen Jahren außergewöhnlich für eine Frau. Sie bekam eine Tochter, aber heiratete nie. Sie hatte innovative Ideen und eine gehörige Portion Selbstbewusstsein, was sie in diesen Zeiten auch brauchte, um sich in der Männerwelt durchzusetzen. Und sie hatte Erfolg, gab den Menschen in und um Franzensbad Lohn und Brot bis in das Jahr 1937. In den Wirren der Nazizeit wurde die Familie erst enteignet, danach verschleppt, und nur ein blutjunges Mädchen überlebte, das man in einem Heuboden auf dem Land versteckt hatte. Verwandte holten das Mädchen in das Nachkriegsdeutschland. Auch sie bekam ein Mädchen und heiratete nie. Dieses Mädchen war ihre Mutter.

Eine Echse huschte über einen umgestürzten, flachen Stein. Sie kratzte das Moos weg und sah zum ersten Mal den Familiennamen ihrer Mutter in hebräischen Lettern auf dem Grabstein.

Sie schaute hoch in die mächtige Linde. Der Baum hatte überlebt, hatte überdauert. Der Baum der Liebe. Und erst jetzt begriff sie, warum ihre Mutter ihr diesen Namen gegeben hatte.

Sie stand langsam auf, suchte einen Kieselstein auf dem breiten Hauptweg und legte ihn auf den flachen Stein mit den hebräischen Lettern. Es war ein Lebewohl für immer.

50. Mäandern auf der Loire

Morgenstimmung auf dem Fluss. Es ist noch früh am Morgen. Nebelschwaden hängen tief am Ufer. Dort ist alles noch ruhig. In ein paar Minuten werden die ersten Vögel ihr Morgenlied anstimmen.

Das Leben an Bord beginnt früh. Schon ab 06.30 Uhr ist das Frühstücksbuffet im Speisesaal geöffnet. Man hört vereinzelt Geschirr und Besteck klappern.

Der Tagesausflug startet bereits um acht Uhr.

Ich drehe mich noch einmal auf die Seite. Welch ein Luxus, eine Kabine für mich ganz alleine. Mit Balkon. Gewonnen in einem Preisausschreiben der Sparkasse für zwei Personen. Aber ich lebe alleine, und die Sparkasse hat mir einen Zusatzbon für alle alkoholischen Getränke an Bord spendiert, weil ich alleine reise. Also, das nutze ich selbstverständlich reichlich, denn schenken tue ich denen nichts. Nur, gerade deshalb komme ich morgens so schlecht aus dem Bett.

Es war spät geworden, gestern Abend. Nach dem Dinner folgte gegen ein Live-Konzert mit Musikern aus der Region. Ich hatte Lust, das Tanzbein zu schwingen, und zwei holländische Typen forderten mich den ganzen Abend auf.

Dazu der gute französische Rotwein.

Es gibt plötzlich einen gewaltigen Rumms, und ich kollere aus dem Bett.

Stimmen, Schreie, Hektik, Panik.

Schnell den weißen Kaftan aus Marokko, den mit den gestickten Ornamenten und Bordüren, übergeworfen und raus auf das große Sonnendeck, das fast die gesamte Schiffslänge einnimmt. Die Liegen, Stühle und leicht geneigten Fermob-Loungesessel, wie sie auch in den Pariser Parks stehen, waren schon weggeräumt, und der Schornstein sowie die Sonnensegel und Sonnenschirme bereits abgeklappt. Für die niedrigen Brücken, die nur bei Ebbe passiert werden können.

Aber jetzt sitzen wir fest. Und keine Brücke weit und breit. Noch nicht.

»Merde, trois fois merde. Quel bordel, putain.«

Der Matrose hat mich nicht gesehen und schimpft laut in seiner Muttersprache.

Das Sonnendeck füllt sich mit besorgten Menschen. Stimmengewirr. In vielen Sprachen.

»Wissen Sie, was da los ist?«

»Keine Ahnung. Wir sitzen fest.«

»Warum sagen die nichts? Die müssen doch was sagen.«

»Vielleicht wissen die auch nicht, was passiert ist.«

»Typisch Frankreich. Lassen uns einfach auflaufen.«

»Quatsch, die rennen rum wie die Wiesel. Apropos Auflaufen. Da haben Sie vielleicht sogar Recht.»

»Wie, was? So sagen Sie doch schon, wenn Sie mehr wissen, Sie Klugscheißer.«

Oh, meine deutschen Landsleute! Immer nett, immer kultiviert. Zumindest im Urlaub muss man sich manchmal für sie schämen.

»Guten Morgen, meine Damen und Herren. Bitte entschuldigen Sie die kleine Unannehmlichkeit am frühen Morgen. Starke Strömungen, niedriger Wasserstand und wandernde Sandbänke machen das Navigieren manchmal zum Abenteuer. Und heute hat es uns erwischt. Wir sitzen auf einer Sandbank fest. Bitte bleiben Sie ruhig, es besteht keinerlei Gefahr für die Passagiere. Selbstverständlich bemühen wir uns, den Schaden schnellstmöglich zu beheben.«

»Du siehst, Ingelore, alles gut, die spielen nur.«

Ingelore schnaubt durch die Nase und zuckt mit den Schultern.

»Ich mag sie nicht leiden, die Franzmänner!«

»Und warum sind Sie dann in Frankreich und auf einem französischen Schiff, meine Gnädigste?«

Der schlanke, grauhaarige Mittsechziger verbeugt sich bei seiner Frage galant vor Madame Meckerliese.

Sie zieht es vor zu schweigen.

Immerhin.

»Mesdames, Messieurs, dürfen wir Sie während der Bergungsarbeiten zu einem Champagnerfrühstück in den Speisesaal bitten? Wir informieren Sie weiterhin stündlich über die Fortschritte.«

»Stündlich? Wie lange soll das denn dauern? Und was macht unser Tagesausflug? Fällt der jetzt ins Wasser?«

Der schlanke, grauhaarige Mitsechziger kann sich ein knappes Lächeln nicht verkneifen.

»Da mögen Sie absolut Recht haben», wieder das knappe Lächeln von schmalen Lippen, »der ist buchstäblich ins Wasser gefallen. Wir können nämlich nicht von Bord, meine Gnädigste.«

Sandbänke wachsen, Flussinseln verschwinden. Uferlinien ändern sich. Es dauerte sieben Stunden, bis das Schiff freigeschleppt war. Fasziniert schauten die Passagiere vom Sonnendeck aus zu.

Und leerten dabei etliche Flaschen Champagner.

Danke

An meine Leserinnen und Leser, die mir auch in den Zeiten der Pandemie die Treue gehalten haben. Ich habe Sie vermisst, insbesondere bei den sonst üblichen Lesungen, die aus bekannten Gründen nicht stattfinden konnten.

Danke

Auch an meine französischen Nachbarn, die mich in meinem Ferienhaus in diesem kalten, verregneten Sommer mit Rotwein, Brennholz und lieben Worten bei Laune gehalten haben.

Danke

Auch an meine deutschen Freunde, die mir immer wieder Ideen liefern, die ich nie umsetze, aber doch als Anregung schätze.

In diesem Sinne

Alle Personen und Handlungen sind frei erfunden. Ähnlichkeiten mit lebenden oder verstorbenen Persönlichkeiten sind rein zufällig.

Über die Autorin

 Linde Richter bringt als Autorin und Interpretin aus dem politischen Kabarett langjährige Erfahrung im Schreiben ein. Das Spiel mit Worten ist gereift und baut auf die Basis von drei Jahren Sprachstudium und Jobs in Paris und London sowie an der Costa Brava auf. Stationen wie Vier-Sterne Hotels in London, Positionen in einer amerikanischen Fluggesellschaft und für ein internationales Unternehmen der Luft- und Raumfahrttechnik ergänzen dies. Die erfolgreiche Integrationsberatung für internationale Klienten ist dabei das Kommunikations-i-Tüpfelchen der Autorin.

Heute lebt Linde Richter wenige Kilometer südlich von Frankfurt am Main und hat sich einen Jugendtraum erfüllt. Sie kaufte ein altes Fachwerkhaus in der Champagne, das sie jeden Sommer mit viel Begeisterung als Ferienhaus nutzt. Dort beginnt die Autorin meist ihre neuen Werke zu schreiben.

Über Brücken, Mücken und andere Tücken
Ein Kreuzfahrtkrimi auf der Loire
von Linde Richter

Leoni hat den langweiligsten Job auf Erden. Das Aufregendste daran sind ihre Nachtschichten. Sie arbeitet als Apothekerin in einem in die Jahre gekommenen Kreiskrankenhaus und hat ein Verhältnis mit ihrem verheirateten Chef. Der ist mindestens ebenso langweilig wie ihr Job.
Sie hat noch nie gewonnen. Wie auch? Sie löst keine Kreuzworträtsel, nimmt an keinem Preisausschreiben teil und hat auch noch nie im Lotto gespielt. Ihre beste Freundin schon.
Die gewinnt den ersten Preis bei einer Sparlotterie ihrer Sparkasse. Zehn Tage Flusskreuzfahrt auf der Loire für zwei Personen. Und Leonie darf mit. Sie träumt bereits von vorbeigleitenden Landschaften, von traumhaften Schlössern, von lauen Abenden in netter Gesellschaft, von französischen Delikatessen und exquisiten Weinen. Das volle Programm. Bis, ja bis der Kreuzfahrtdampfer immer mehr schrumpft, die Besatzung immer seltsamer, und die Gäste immer skurriler werden.
Kuriose Dinge geschehen an Bord. Und auch die Freundin verbirgt ein dunkles Geheimnis. Und da ist auch noch diese rätselhafte Tinktur, die ihre finnische Kollegin ihr anvertraut hat. Und ein fest verschnürtes Päckchen, das so manche Begehrlichkeiten weckt.

Champagnerperlen süß-sauer

Roman

von Linde Richter

Lilly hasst Entscheidungen. Seit einem Jahr und drei Wochen muss Lilly sich ganz alleine entscheiden. Ihre Scheidung war fraglos nicht ihre Entscheidung gewesen, die hatte Andreas ganz alleine entschieden. Nach sieben Ehejahren, dem verflixten siebten Jahr. Große Dachwohnung mit kleinem Balkon? Oder kleine Erdgeschosswohnung mit großer Terrasse? Ein Umzug steht an. Aber ihr Verlag will einen gastronomischen Wegweiser herausbringen, Schwerpunkt französische Spezialitäten mit einem kulinarischen Wörterbuch. Lilly soll darüber schreiben. Auch hier steht eine Entscheidung an.

Ob sowas gelesen wird? Ihre Literaturagentin sagt Ja, und Lilly zieht für ein ganzes Jahr in ihr französisches Ferienhaus. Sie futtert sich durch gewöhnungsbedürftige Spezialitäten und exquisite Köstlichkeiten, und sie sammelt leckere Rezepte aus ihrem Umfeld.

Neue Abenteuer rund um das Eulenhaus bestimmen ihr Leben am Lac-de-Der Chantecoq. Ungewöhnliche Nachbarn, zwei mysteriöse Todesfälle und ein Sturm, der mit 180 Stundenkilometer durch das Dorf fegt, bringen ihren schöpferischen Zeitplan haltlos durcheinander. Und dann ist da auch noch Heudebert, und wieder muss sie sich entscheiden …

Paperback ISBN 978-3-7534-0769-2
E-Book   ISBN 978-3-7534-8560-7

Die bestellte Frau

Ein fast politischer Roman

von Linde Richter

Linda hat einen aufregenden Job. Sie arbeitet für eine amerikanische Fluggesellschaft und ist viel unterwegs. Offiziell kümmere sie sich um Probleme mit unzufriedenen Passagieren, inoffiziell darum, dass der Ruf ihrer Fluglinie nicht beschädigt wird. Linda ist mit allen Wassern gewaschen und lässt sich unkonventionelle Lösungen einfallen, die auch meist vergnüglich ausgehen.

Privatleben ist für Linda ein Fremdwort bis sie einen charismatischen Politiker trifft. Es beginnt gewaltig zwischen ihnen zu knistern. Doch der Politiker ist ein vielbeschäftigter Mann, der in der Öffentlichkeit steht und außerdem verheiratet ist. Das bringt fast unlösbare Probleme mit sich. Doch Linda wäre nicht Linda, um nicht Lösungen zu finden. Ein Netz von Heimlichkeiten muss geknüpft werden, und das Versteckspiel beginnt. Und da sind ja auch noch die Leibwächter, und die Ehefrau des Politikers.

Linda jongliert mit dem Jetzt und dem Morgen und wird mehr und mehr zu einer bestellten Frau. Das gefällt der lebenslustigen Linda ganz und gar nicht. Plötzlich passieren unerklärliche Dinge, und es kommt fast zu einer Regierungskrise. Doch Linda weiß wie man Probleme löst, und am Ende hallt nur noch ein Gelächter durch die Nation.

Paperback ISBN   978-3-7494-8715-8
E-Book   ISBN   978-3-7481-7921-4

Und immer ist es der falsche Job

Ein Kleinstadtkrimi vor den Toren einer hessischen Großstadt
von Linde Richter

Gitti hat Geldsorgen. Frisch geschieden, zieht die Frührentnerin in das ehemalige Versorgungshaus einer Seniorenresidenz. Ihr Umfeld hat viel Zeit und beobachtet Gittis Privatleben neugierig. Gitti versucht sich in aufregenden Nebenjobs und wird unfreiwillig in komische Situationen, menschliche Turbulenzen und packende Todesfälle verwickelt. Die ehemalige Versicherungsagentin hat einschlägige Erfahrungen im investigativen Bereich und unterstützt - nicht ganz freiwillig - Kriminalhauptkommissar Wolfram, der ihr immer wieder über den Weg läuft. In der Kleinstadt tobt der Bär. Kein Wunder, denn …

- wieso hängt ihr italienischer Nachbar kunstvoll verschnürt im Sadomaso-Bereich eines Bordells, und was hat Gitti dort zu suchen?

- weshalb interessiert sich Gitti plötzlich für lokale Politik, und wodurch wird sie in Kleinstadtintrigen mit Todesfolgen verwickelt?

- wozu muss Gitti am Flughafen Koffer zählen und illegale Pillen kaufen, und woher kennt sie einen toten Golfspieler aus New Delhi?

Die Antworten finden Sie in dem Buch der Autorin.

Paperback: **ISBN 978-3-7494-2171-8**
E-Book: **ISBN 978-3-7494-8756-1**

Maison Chouette
Mein Ferienhaus in der Champagne
Roman
von Linde Richter

Den Wohnwagen hatten sie geerbt, die sechzigtausend
Euro Barvermögen bekam der örtliche Geflügelzucht-
verein als Grundstein für sein neues Vereinsheim. So ungerecht kann das Leben manchmal sein.
Lilly und Andreas verbringen ihren ersten Urlaub in dem
betagten Wohnwagen auf der Wiese ihrer Freunde, die
sich vor zwei Jahren ein marodes Ferienhaus in der
Champagne gekauft hatten. Dort erleben sie die anstrengenden Versuche ihrer Freunde, ein Minimum an Kom-
fort in das 300 Jahre alte Fachwerkhaus zu bringen. Und
sie lernen Land und Leute kennen. Den Wohnwagen
dürfen sie auf der Wiese stehenlassen, aber den zweiten
Urlaub müssen sie ohne ihre Freunde im Land der Gal-
lier verbringen. Dort treffen sie Engländer, die nicht gril-
len können und lernen das Paradies kennen, ohne dass
sie sterben müssen.
Im Dorf brodelt die Gerüchteküche. Die Ereignisse überschlagen sich. Wer hat mit wem und warum eigentlich?
Das will keiner so richtig gerne wissen, doch Lilly findet
einen Schatz und alles passt wieder zusammen. Und
plötzlich sind die beiden stolze Besitzer des alten Fach-
werkhauses.

Paperback: ISBN 978-3-7481-8318-1
E-Book: ISBN 978-3-7481-7644-2